D1726761

PETER KREBS
VERLANGENTHAL

ERZÄHLUNGEN

Wolfbach Verlag Zürich

Wir danken den Schweizerischen Bundesbahnen SBB
für die Unterstützung dieser Publikation.

Umschlaggestaltung, Typografie und Satz:
Atelier Jean-Marc Seiler, Zürich

Druck und Bindung: Neumann Druck, Heidelberg

ISBN 3-95 22831-3-4

Der Regenschirm

Zu unseren sonntäglichen Familientreffen im Trub gehörte ein Running Gag. Nach dem Mittagessen und dem Kafi Schnaps fragte einer meiner vielen Onkel meine Grossmutter jeweils, wo sie eigentlich ihren Ehemann gefunden habe. «Auf dem Fundbüro», antwortete Kathrin Ramseier, eine geborene Gfeller, prompt. Der Lacherfolg war programmiert. Ihr Angetrauter, Fritz Ramseier, war nicht eben ein Draufgänger. Er war aber ein stattlicher und auch im fortgeschrittenen Alter noch attraktiver Mann. Am Sonntag sass er still und vergnügt in einer Ecke und sog an einem «Rössli»-Stumpen.

Wenn man von ihm wissen wollte, wie er zu seiner Frau gekommen sei, nahm er einen Zug, paffte den Rauch in die Luft, blickte lustig in die Runde und meinte: «Frag Kathrin, die weiss in solchen Sachen besser Bescheid.» Dann schwieg er wieder und freute sich an den Spässen der anderen. Fritz war oft selber die Zielscheibe. Man nahm ihn wegen seines alten, löchrigen Regenschirms hoch, den er auch bei schönem Wetter bei sich trug. «Willst du mit diesem Löchersieb den Salat schwingen?», fragten wir. Er nahm es uns nie übel und entgegnete: «Durch die Löcher sehe ich den Himmel und weiss immer, ob es regnet oder ob die Sonne scheint.»

Als Kind glaubte ich die Geschichte vom Fundbüro. Ich malte mir aus, wie Kathrin Gfeller im Bahnhof Langnau an den Schalter ging, um eines dieser gelben Formulare auszufüllen, mit denen man nach verlorenen Gegenständen sucht. Sie muss, so dachte ich, einfach «Fritz Ramseier, Trub» geschrieben haben. Nach einer Woche konnte sie Grossvater abholen. In meiner Phantasie sah ich ihn auf einem Tablar im Holzregal des Fundbüros sitzen und warten, zwischen Regenschirmen, Hüten, Mänteln, Taschenuhren und halbvollen Stumpenpackungen. Dann haben sie geheiratet.

Später wurde mir klar, dass das nicht stimmen konnte, weil die Bahn nur Gegenstände sucht. Für Menschen muss man zur Polizei. Ausserdem hätte Ramseiers Fritz bestimmt nicht tagelang auf dem Tablar ausgeharrt. Zwar redete er am Sonntag wenig und genoss die freie Zeit. Doch während der Woche war er von früh bis spät auf den Beinen. Er fütterte das Vieh, melkte die Kühe, säuberte den Stall, mähte das Gras und brachte mit dem Hund und einem kleinen Anhänger die Milchkessel zur Käserei. Am Samstag besuchte er den Markt in Burgdorf.

Nun dachte ich, dass die Geschichte mit dem Fundbüro nichts weiter als eine Familienlegende sei, hinter der sich die beiden Eheleute versteckten, weil sie nicht über den Anfang ihrer Liebe sprechen wollten. Vielleicht hatte es ja auch gar keinen Anfang gegeben. Jedenfalls schienen Kathrin und Fritz Ramseier so selbstverständlich zusammenzugehören, wie der Hohgant und die Schrattenfluh, die zwei zerklüfteten Felsenberge, auf die man von ihrem Hof aus schauen konnte.

Die Sache begann mich erst Jahre danach wieder zu interessieren, nachdem ich selber die ersten Liebesnächte durchgemacht hatte. Ich wusste nun, dass es auch im Lebenslauf von Grossmüttern und Grossvätern Momente der Verliebtheit und romantische Tage und Nächte geben muss, obwohl man sich das nur schwer vorstellen kann. Ich begann, an den Familienfesten zu recherchieren. Die Emmentaler waren aber für keine Indiskretionen zu haben: «Auf dem Fundbüro» und «frag Kathrin!» oder «frag Anna!» war alles, was ich zu hören bekam.

Als ich endlich die Wahrheit erfuhr, ruhte Fritz schon seit Jahren auf dem Friedhof von Trub. Meine Grossmutter merkte, dass sie ihm bald folgen musste und nahm mich an einem Sonntag zur Seite: «Du kannst doch schreiben, also schreib auf. Ich verrate dir jetzt die Geschichte von Fritz und mir. Du kannst damit machen, was du willst. Aber erst, wenn es mich nicht mehr gibt.»

Ich war betroffen und verblüfft, besorgte mir eilig einen Kugelschreiber und ein Blatt Papier und setzte mich gespannt an den Tisch neben Kathrin.
«Also, wo hast du Fritz getroffen?»
«Auf dem Fundbüro.»
«Bitte, mach jetzt keine Witze!»
«Es stimmt aber. Nach der Schule habe ich im Bahnhof Langnau die Lehre gemacht. Wir haben dort auch ein Fundbüro betrieben. Eines Tages ist ein stattlicher Jüngling aufgetaucht, der mir sehr gefallen hat. Ich wusste sofort: Den und keinen anderen will ich. Es war Fritz. Er war nach Burgdorf auf den Markt gefahren und hatte im Zug seinen schwarzen Schirm vergessen. Der war schon bei uns abgegeben worden. Ich liess Fritz das Formular ausfüllen, so wusste ich, wer er war. Dann schob ich ihm den Schirm zu und stotterte: ‹Für dich ist es gratis.› Wie du weisst, haben wir im Emmental alle geduzt, ausser den eigenen Vater. Fritz ist ganz rot geworden, aber er hat kein Wort gesagt, du kennst ihn ja.»

Als Fritz sich in den nächsten Wochen nicht wieder blicken liess, hat Kathrin Gfeller dem Schicksal nachgeholfen. Sie zog ihre jüngere Schwester Anna, meine Grosstante, ins Vertrauen und setzte sie auf Fritz an. Anna schlich am nächsten Samstag hinter ihm in den Zug nach Burgdorf, behändigte unauffällig seinen Schirm, stieg in der Neumühle aus und brachte den Gegenstand zu Fuss ins Fundbüro zurück, stolz und mit verschwörerischer Miene. Am Abend erschien dort prompt auch Fritz.

«‹Du vermisst wohl deinen Schirm›, habe ich gesagt», erzählte meine Grossmutter, «‹du solltest besser auf deine Sachen aufpassen.›» Diesmal sei sie selber rot angelaufen wie eine Berner Rose. «Ich hatte ja auch allen Grund dazu. Fritz hat erneut nur geschwiegen. Das ging mir jetzt fast auf die Nerven. ‹Das nächste Mal kostet es dann etwas›, habe ich ihm in einer Mischung aus Mut und Wut nachgerufen, als er den Schalterraum verliess.»

So musste Anna am folgenden Samstag noch einmal auf die Pirsch. Bald überbrachte sie der Schwester den Schirm triumphierend. Als am Abend erwartungsgemäss auch Fritz im Schalterraum stand, hat er zum ersten Mal mehr als nur das Nötigste gemurmelt: «Was bin ich dir jetzt schuldig?»

«Die Rechnung wird direkt nach Hause geliefert», erwiderte Kathrin schlagfertig.

«Ich habe», so erzählte sie mir fünfzig Jahr später, «einen Brief in das Schirmgestänge gehängt, darin stand die Antwort: ‹Diesmal kostet es ein Müntschi. Du kannst es am nächsten Samstag um sechs im Fundbüro abgeben›». Fritz sei pünktlich zur Stelle gewesen, um die Schuld zu begleichen: «Es wurde ein ganz romantischer Abend.»

«Hast du ihm gebeichtet, dass du den Schirm zweimal abstauben liessest, um den Eigentümer einzufangen?»

«Das hatte er schon selber gemerkt. Er hat Anna, die mir sehr glich, im Zug sofort als meine Schwester erkannt und sich den Schirm absichtlich abknöpfen lassen. Beim zweiten Mal hat er ihn mit in den Zug genommen, obschon die Sonne schien. Auch er hat ihn als Köder benutzt, nicht nur ich.»

«Das war raffiniert.»

«Fritz behauptete sogar, dass er am folgenden Samstag eine Botschaft an mich in den Schirm hätte legen wollen. Er hätte für das Entwenden des Objekts den doppelten Preis verlangt wie ich für die Rückgabe. Ich war ihm zuvorgekommen, aber ich habe ihm den Diebstahl sowieso tausendfach vergütet, noch bis ganz zuletzt. Nur bin ich bis heute nicht sicher, ob ich wirklich mit dem nächsten Schirm Post erhalten hätte, oder ob Fritz weiter gewartet hätte, bis es mir vielleicht verleidet wäre. Das bleibt für immer sein Geheimnis.»

Das Gesprächsthema

Es ist Sommer. Seit kurzem esse ich jeden Mittag im Bahnhofrestaurant. Heute begnüge ich mich mit einem indischen Pouletsalat und einem leichten Weissen. Am Nebentisch hat eine Frau Platz genommen, nachdem sie ihre rostbraune Freitag-Tasche nachlässig auf den zweiten Stuhl geschwungen hat. Sie ist Mitte 30 und in mein Leibblatt vertieft, für das ich mich selber Tag für Tag abrackere. Ab und zu schaut sie zu mir herüber, ohne zu lächeln, mit einem Blick voller Rätsel wie die Sphinx. Prüft sie mich, oder fordert sie mich zu einem Flirt auf? Zwar würde ich mich gerne auf eine Unterhaltung einlassen, aber es fällt mir kein Gesprächsthema ein. Ausserdem mache ich mir Sorgen wegen der Komplikationen, die sich ergeben könnten. Ich kann niemanden ins Theater oder ins Kino einladen und schon gar nicht zu mir nach Hause. Dazu habe ich schlicht keine Zeit mehr. Das Mittagessen im Bahnhof ist die einzige kurze Stunde täglicher Ruhe, die mir in meinem Leben übrig geblieben ist. Dieses hat sich seit dem Frühling in atemberaubender Weise verändert. Ich kann es immer noch nicht fassen, bin wie gelähmt und unfähig, die Dinge einzuordnen oder sie sogar wieder einzulenken.

Alles hat Ende März angefangen, als die Behörden eben auf Sommerzeit umgestellt und der halben Menschheit, zu der ich mich trotz allem noch zähle, wieder einmal eine ganze Stunde Schlaf geraubt hatten. Am Montag danach riss mich in aller Herrgottsfrühe das Telefon aus einer Rapid-Eye-Movement-Phase.

«Guten Morgen Herr Redaktor Neuenschwander», sang die aufgestellte Stimme einer weiblichen Person, die offenbar an juveniler Bettflucht litt, «ich habe gerade Ihren Artikel in der Zeitung gelesen, er hat mir gefallen, Sie schreiben flüssig. Aber Sie haben in der vierzehnten Zeile des dritten Absatzes ein Komma vergessen.»

«Soll das ein Witz sein?», entfuhr es mir.

«Zwischen Satzteilen, die durch anreihende Konjunktionen in der Art einer Aufzählung verbunden sind, müssen Sie ein Komma setzen.»

«Ich finde es mutig von Ihnen, mich um halb sechs Uhr Sommerzeit an diese Regel zu erinnern.»

«Ich ertrage Fehler zu keiner Tageszeit. Sie haben mir den Morgen verdorben, Herr Neuenschwander. Gerade von Ihnen hätte ich eine solche Schlamperei nicht erwartet.»

Die Dame begann mir auf den Wecker zu gehen. Mir fiel der Tipp meines Psychiaters ein, der mir davon abgeraten hatte, immer alles runterzuschlucken.

«Sehr verehrte Leserin», antwortete ich also, «erstens beruht das mit dem Morgen auf Gegenseitigkeit, zweitens können Sie das Komma von mir aus mit dem Kugelschreiber auf die Seite malen und drittens würde es mich erstaunen, wenn Ihnen nichts Wichtigeres fehlen würde als ein Komma.»

Das sass. Das Besetztzeichen piepste, die grammatikalische Hardlinerin hatte die Waffen gestreckt. Ich konnte diesen Triumph aber nicht richtig auskosten, weil ich über meine eigene Barschheit erschrak, die sonst nicht meine Art ist. Ich fiel in einen unruhigen Schlaf. Eine Stunde später, um halb sechs Uhr Winterzeit, weckte mich das Klingeln der Türglocke. Es war die Velokurierin. Sie schwitzte schon unter ihrem Helm, brachte mir ein Paket ohne Absender, für das ich das Porto übernehmen musste. Ich konnte wieder einmal nicht Nein sagen, eine alte Schwäche von mir, die mir schon oft unangenehme Verpflichtungen aufgebürdet hat, und nahm die Sendung in Empfang. Der Inhalt bestand aus einem halben und nicht mehr ganz frischen Gipfeli sowie einem sonnenblumengelbem Klebezettel mit der Notiz: «Dieses Komma soll Sie an die Regeln erinnern, ich wünsche guten Appetit! Ihre Claudia.» Entgegen dem Ratschlag des Psychiaters kaute ich an diesem Morgen ziemlich lange an dem weichen Gebäck mit der Form eines Beistrichs.

Das war nur der Anfang. Einige Tage später, ich sass gerade mit meiner Angetrauten beim Nachtessen auf dem Balkon unserer Mietwohnung am Maurerweg 210, überbrachte mir der gestresste Pizzakurier zwei flache Pakete. Die gesalzene Rechnung beglich ich aus lauter Höflichkeit und aus Mitleid. Das kurze Begleitschreiben zu den beiden runden und schon kalten Pizzen all'arrabiata machte mich darauf aufmerksam, dass ich in der heutigen Zeitung beim Wort «Nervensäge» die ä-Tüpfchen vergessen habe: «Hier sind sie nun», hatte die Orthographiebesessene notiert. Wir wärmten die Tüpfchen am folgenden Tag zum Mittagessen auf.

Es wurde immer wilder. Beim nächsten Mal lieferte mir ein angesehenes Möbelgeschäft, das ich noch nie betreten hatte, einen sündhaft teuren Designerstuhl mit Rückenlehne, den ich nicht zu refüsieren wagte. «‹Oberlehrerhaft› schreibt man mit ‹h›», korrigierte mich Claudia auf dem Post-it-Zettel. Es folgten im Abstand von jeweils wenigen Tagen der dazu passende Tisch, ein Rasenmäher und ein Kinderwagen für Drillinge. Letzterer nachdem ich «Schritttempo» nach der alten

Regel mit nur zwei «t» geschrieben hatte. Ich habe alle Haus-lieferungen samt den beiliegenden Rechnungen entgegenge-nommen, obschon ich im rasenlosen vierten Stock wohne und keinen Nachwuchs habe.

Die Strafsendungen machten mich zum Pedanten. Ich hoffte, ihnen durch eine erhöhte Pflege der Rechtschreibung entgehen zu können. Beim Verfassen meiner Artikel achtete ich, noch mehr als früher, peinlich genau auf alle Beistriche, auf Semikolons, Tüpfchen und Punkte. Dem Korrektor bläute ich ein, jeden noch so kleinen Lapsus auszumerzen. Doch nie-mand ist fehlerfrei und schon gar kein Text. Deshalb trat vor drei Wochen die Kuh Elna in mein Leben. Diesmal hatte ich mich nach Claudias Meinung in einem Artikel über die Proble-me der Landwirtschaft in der Wortwahl vergriffen. Kühe sei-en keine Grossvieheinheiten, sondern Lebewesen, wie Figura zeige, richtete sie mir in der Nachricht aus, die ans Horn ge-schnürt war, wo ich auch die Faktura fand. Claudia hatte wie immer nur allzu Recht. Doch seither habe ich Probleme mit dem Alltag. Meine Wohnung ist überstellt, ich bin in den frei-en Stunden mit Füttern, Melken und Misten beschäftigt. Elna haust provisorisch im Gästezimmer. Meine Frau hingegen ist ausgezogen, weil sie nicht mit einem Mann leben wolle, der nie Nein sagen könne, das sei ihr zu riskant, denn es gebe ja nicht nur Kühe auf dieser Welt, beschied sie mir an jenem dramati-schen Abend, an dem sie die Koffern packte.

So esse ich eben im Bahnhof. Das hat den Vorteil, dass man unter die Leute kommt, so wie heute. Ich habe mir vor-genommen, beim Kaffee allen Mut zusammenzunehmen, um die Frau vom Nebentisch anzusprechen. Der Kaffee ist ser-viert, doch sie redet seit einiger Zeit auf ihr Handy ein. Es geht um einen offenbar grösseren Transport, den sie zu organisieren versucht. Jetzt scheint es endlich zu klappen: «Bitte geben Sie die Bücherwand heute Abend am Maurerweg 210, vierter Stock links, ab, die Rechnung können Sie auf die gleiche Adresse ausstellen und mitliefern.» Ich schliesse die Augen, zähle bis zwölf, atme tief durch und überlege, welchen Fehler ich in der aktuellen Ausgabe der Zeitung gemacht haben könnte. Angesichts der neusten Lieferung muss Claudia grundsätzlich an meiner Bildung zweifeln. In meiner Bedrängnis fällt mir ein weiterer, äusserst kluger und origineller Rat meines Seelenarztes ein, der auf mich zugeschnitten ist: Man soll auch in schwierigen Lagen das Positive nicht aus den Augen verlieren, lautet er. Wenigstens habe ich jetzt ein Gesprächsthema, denke ich in meiner schwierigen Lage, erhebe mich und schreite gefasst an den Nebentisch.

Ein Korb für Michael Jackson

Mirjam Keller ist eine meiner besten Schülerinnen. Sie ist aufgeweckt und – was ich sehr schätze – hilfsbereit gegenüber ihren Klassenkameradinnen. Sie ist aber keine Mitläuferin. Mirjam weiss genau, was sie will, und sie versteht es, ihre Ziele zu erreichen, manchmal sogar mit Durchtriebenheit. Das hat wahrscheinlich damit zu tun, dass sie aus einer kinderreichen Familie kommt, wo sie Verantwortung für ihre jüngeren Geschwister übernimmt, sich aber auch durchsetzen muss. Sie schreibt erstaunliche und gekonnte Aufsätze. Lange war ich nicht sicher, ob Mirjam die abenteuerlichen und ausgefallenen Erlebnisse, die sie schildert, wirklich erlebt hat, wie sie sagt, oder ob sie diese erfindet. Das hat sich erst mit dem folgenden Aufsatz geklärt. Das Thema war: «Eine wahre Geschichte» (die Rechtschreibung habe ich leicht korrigiert).

Wir haben im letzten Jahr das Haus vergrössert. Mein Vater hat am Abend und an den Wochenenden fast alles selber gehämmert, gepflastert und gebohrt. Er sagt, wir hätten nicht genügend Geld, um die teuren Maurer und die Zimmerleute zu bezahlen. Wir brauchen mehr Platz, weil meine Mutter jetzt auch noch Oli bekommen hat. Oli ist mein zweiter Bruder, der andere heisst Roli, dann habe ich noch vier Schwestern, Irene, Johanna, Vanessa und Selina. Mit mir macht das sieben Kinder. Ich bin die Zweitälteste. Als das Haus fertig war, fehlte nur noch ein Kleiderschrank. Papa war vom vielen Arbeiten fix und fertig und wollte diesen Schrank nicht auch noch selber basteln. Wir fuhren alle miteinander in das Möbelgeschäft im «Shoppyland», mit dem Zug, wir besitzen kein Auto. Mein Vater sagte, so sei der Transport am günstigsten, das koste ihn nur zwei halbe Billette retour.

«Dann kannst du doch endlich auch ein Körbchen für Michael Jackson kaufen», bat ich höflich und froh. Aber mein Vater hatte kein Musikgehör. Ich solle endlich aufhören damit, antwortete er barsch, «ich habe dir schon hundertmal erklärt, dass wir für so etwas kein Geld haben.» Ich streite mich schon lange mit meinem Vater wegen des Hundekorbs. Er wehrt sich immer dagegen, einen zu kaufen, aber ich bin sicher, dass ich am Schluss gewinne.

Michael Jackson ist mein Hund. Früher hat er «Kelly Family» geheissen, aber von dieser Gruppe bin ich schon lange nicht mehr Fan. Ich bin auch von Michael Jackson nicht mehr so begeistert, und eigentlich würde Michael Jackson jetzt Kuno Lauener heissen, aber meine Mutter hat mir verboten, den Namen ständig zu ändern, weil das arme Tier sonst überhaupt nicht mehr drauskomme. Dass das arme Tier keinen Korb hat und auf dem Boden schlafen muss, ist meiner Mutter aber dann egal.

Wenigstens wollte ich dem Hund dieses Mal die Hundekörbchen zeigen und nahm ihn mit, ohne zu fragen. Ich ging extra zuletzt aus dem Haus und zum Bahnhof, damit es niemand merkte. Als meine Mutter Michael Jackson entdeckte, schimpfte sie mit mir und mit ihm, obschon er nichts dafür konnte. Sie rief so laut, dass es alle Leute im Zug hören konnten: «Das wäre jetzt wirklich nicht das Nötigste gewesen, wir müssen doch schon auf die kleinen Kinder aufpassen.» Zum

Glück war der Zug bereits losgefahren, so konnte Michael Jackson nicht mehr aussteigen.

Der Möbelladen ist riesig, nur muss man alles selber machen. Ich rannte zuerst mit dem Hund zu den Hundekörben, er war ganz aufgeregt, als er sie sah, wedelte mit dem Schwanz und freute sich schon. Dann schauten wir uns die fertigen Schränke an. Die kann man aber nicht mitnehmen. Wenn man herausgefunden hat, welches Möbel man will, spaziert man in ein Lager und sucht sich alle Bestandteile einzeln zusammen: Die Rückwand, die Seitenwände, den Boden, den Deckel, die Türen, die Schrauben, die Scharniere, den Schlüssel, den Leim, einfach alles, sogar das Schlüsselloch. Man darf nichts vergessen, sonst muss man später noch einmal im Laden vorbeigehen. Dann stapelt man den ganzen Krimskrams auf einen grossen Einkaufswagen.

Mein Vater nervte sich. Leider darf ich nicht alles schreiben, was er gesagt hat, sonst gibt es eine schlechte Note. «Diese Läden kommen aus Amerika», hat er zum Beispiel gesagt. «Die Direktoren lassen die Kunden arbeiten, weil sie Geld sparen wollen.» Die Entwicklung gehe sicher noch weiter. In ein paar Jahren würden die Möbelgeschäfte einfach irgendwo in einem Wald eine Sägerei, eine Werkstatt und einen grossen Parkplatz hinstellen, glaubt mein Vater. Die Leute, die einen Schrank oder einen Tisch brauchen, müssten dann sogar die Bäume selber fällen und die Bretter sägen und sie zusammen nageln. Dann seien wir wieder so weit wie vor hundert Jahren. «Mein Urgrossvater besass auch ein Stück Wald und fabrizierte die Möbel selber», hat Papa ausgerufen. Immerhin könnten die Menschen so noch einmal von vorne anfangen mit der ganzen Entwicklung, hoffentlich komme es besser heraus als jetzt und gebe es am Schluss keine solchen Läden mit riesigen

Parkplätzen, in denen man alles selber machen müsse. Mein Papa hat beim Einkaufen meistens eine schlechte Laune. Seine Frau, also meine Mutter, muss ihn dann ruhig stellen. Sie ist sich daran gewöhnt, von Oli her.

Auf dem Weg zur Kasse stritt ich mich mit meinen Schwestern um den Einkaufswagen. Am Schluss fuhren wir ein paar zusätzliche Runden und machten den Laden unsicher. Nach der Kasse hat mein Vater jedem Kind ein Stück Schrank in die Hände gedrückt, ich bekam eine Türe, meine Mutter hat Oli genommen und allen ein «Ragusa» in die Jackentasche geschoben. Endlich waren wir auf der Bahnstation. Weil der Zug nur kurz anhält, durften wir nicht alle bei der gleichen Türe einsteigen. Wir stellten uns deshalb einzeln im Abstand von 20 Metern auf. Als der Zug kam, rannten wir hinein. Alles ging gut, nur Oli verlor den Nuggi.

Natürlich machten sie ausgerechnet in diesem Zug eine Kontrolle. Ich war ganz vorne eingestiegen und kam zuerst an die Reihe. Ich versteckte mich hinter der Schranktür, aber der Kondukteur entdeckte mich trotzdem.

«Ich habe kein Billett», sagte ich stolz.

«Dann darfst du aber nicht Zug fahren», antwortete er.

«Doch», sagte ich, «mein Vater hat eines.»

«Wo ist er denn?»

«Dort hinten im nächsten Wagen, er versteckt sich auch hinter einer Tür, du kannst einfach klopfen.»

Wir waren auf den ganzen Zug verteilt, aber der Kondukteur hatte keine Mühe, unsere Familie zu finden, weil alle hinter einem Stück Schrank sassen und das Ragusa verdrückten. Ausser meiner Mutter und Oli, aber der brüllte so laut, weil er den Nuggi verloren hatte, dass ihn der Kondukteur auch so fand. Gott sei Dank war ich nicht in Olis Wagen. Als wir ausstiegen, regnete es, wir pressierten und standen nach fünf Minuten vor der Haustüre.

«Wo ist der Schlüssel?», fragte mein Vater nervös.

Alle suchten in den Taschen und am Boden, aber niemand fand ihn. Zum Glück erinnerte sich niemand, wer zuletzt aus dem Haus gegangen war und den Schlüssel mitgenommen hatte. Der Regen machte uns nass und den Schrank ebenfalls. Vater begann wieder zu wettern. In diesem Augenblick bog endlich Michael Jackson um die Ecke. Er trug den Schlüsselbund in der Schnauze. Alle waren erleichtert, besonders ich.

«Jetzt hat er aber ein Körbchen verdient», rief ich glücklich.

Mein Vater brummte nur so vor sich hin.

Jetzt mussten wir den Schrank zusammensetzen. Das war das absolut Schwierigste. Die Gebrauchsanweisung war für nichts zu gebrauchen. Es waren nur Zeichnungen und Pläne abgebildet, mit Nummern und Pfeilen, aus denen keiner schlau wird. Das Wenige, das geschrieben stand, war lauter dummes Zeug. Meine Mutter las es vor. Es hiess zum Beispiel, dass der Kasten als Tiefkühltruhe unbrauchbar sei, dass man ihn weder in den Mikrowellenherd stellen noch mit dem Gartenschlauch abspritzen und im Innern kein Feuer anzünden soll.

Dieser ganze Habakuk sei nur wegen der Amerikaner und ihren Versicherungen, eiferte sich mein Vater, «die kommen auf derart hirnverbrannte Ideen». Er wundere sich, dass es nicht heisse, man solle davon absehen, den Schrank als Schlauchboot oder als Gleitschirm zu verwenden oder ihn zum Fenster rauszuwerfen.

Genau um Mitternacht hatten wir das Möbel endlich zusammengesetzt, mit allen Wänden, den Dübeln und den Türen. Das Haus war fertig. Wir waren überglücklich und tranken

Traubensaft. Mein Vater nahm ein Bier. Da merkte er, dass wir die Tablare im «Shoppyland» vergessen hatten. Jetzt wollte er den Schrank wirklich zum Fenster rauswerfen, obschon er kein Amerikaner ist. Zum Glück war der Kasten zu gross und mein Vater zu müde, um ihn noch einmal auseinander zu schrauben.

Das ist also der Aufsatz. Hätten Sie dieser Geschichte geglaubt? Ich hatte grosse Zweifel. Bis am vergangenen Samstag. Ich fuhr ins «Shoppyland», weil ich einen Grosseinkauf tätigen musste. Beim Fussgängerstreifen vor der Bahnstation schaltete die Ampel auf Rot, ich musste stoppen. Und nun sah ich den Beweis dafür, dass Mirjams Geschichten wahr sind. Die Familie Keller eilte im Gänsemarsch in Richtung Bahnhof über die Strasse. Alle trugen ein Tablar unter dem Arm oder balancierten es auf dem Kopf. Ausser Mirjam, sie hielt einen neuen Hundekorb, den sie stolz und voller Freude hin und her schwenkte. Zuletzt trippelte noch Michael Jackson über die Fahrbahn, hinten vergnügt mit dem Schwanz wedelnd und vorne den klimpernden Schlüsselbund zwischen den Zähnen festhaltend.

Easy, Baby

Ich hatte wieder mal ein grösseres Ding gedreht. Dabei war einiges schief gelaufen. Man konnte mir nichts nachweisen, doch die allseits beliebten uniformierten Staatsbeamten mit dem gefüllten Pistolenhalfter am Gurt hatten mich im Auge. Ich musste mich für einige Zeit dünn machen. Ich kannte ein einsames Hotel in den Bergen. Ich kannte auch die Wirtin. Und sie kannte mich, wenn Sie verstehen, was ich meine. Sie hatte mir schon in anderen prekären Momenten aus der Patsche geholfen. Gegen harte Franken natürlich, unsere Beziehung war rein geschäftlich.

Das einsame Hotel ist nur mit der Luftseilbahn zu erreichen. Im Sommer auch zu Fuss, doch es war Januar. Die Spitze des Berges lag so tief unter dem Schnee wie die Räume des Goldlagers der Nationalbank unter dem Bundesplatz in Bern. Ich stieg in die Kabine und war erstaunt, in dieser Hängedose zwei andere Personen anzutreffen. Die Wirtin hatte mir versprochen, dass ich bei ihr mutterseelenallein sein würde. Das Liebespaar, denn um ein solches schien es sich zu handeln, hielt sich eng umschlungen. Die Lady drehte mir den Rücken zu und liess nicht einmal von den Lippen ihres Galans ab, um mich willkommen zu heissen. Ich empfand diesen Empfang als relativ unhöflich gegenüber einer unbescholtenen Persönlichkeit mit blankem Vorstrafenregister wie mir. Doch verkniff ich mir eine Bemerkung.

Kaum war ich drinnen, schlossen die Türen, und die Kabine sauste los. Der Hotelprospekt preist die Luftseilbahn als steilste der Westalpen an. Sie schiesst über Abgründe hinweg, die selbst hartgesottenen Menschen in die Knochen fahren. Beim ersten Mast kam sie ins Schaukeln wie so ein Ding auf dem Jahrmarkt. Die Dame stiess einen leisen Schrei aus. «Easy, Baby», versuchte ihr Kavalier sie zu beruhigen. Nun war aber ich echt beunruhigt. Ich hatte diese weibliche Stimme schon bei anderer Gelegenheit schreien gehört. Sie gehörte einer Person, die ich von früher kannte, und diese Beziehung war alles andere als rein geschäftlich gewesen.

Es war mir sofort klar, dass das Paar mit falscher Münze spielte. Hier ging es keineswegs um Liebe, sondern um mich. Ich wurde beschattet. Die Dame hatte einst Marion geheissen und fünf Jahre lang Zellenkunde studieren müssen. Ich war mitschuldig an ihrem Pech, nur konnte ich nichts für sie tun. Mir selber war damals einmal mehr nichts nachweisbar, und Marion schwieg wie ein Grab. Das nenne ich echte Liebe. Als die Dame entlassen wurde, ging unsere Beziehung gleichwohl in die Brüche. Sie wollte ihre geschmackvollen Seidenvorhänge kein zweites Mal mit schwedischen Gardinen tauschen und stellte mich vor folgende harte und ungerechte Alternative: «Entweder wirst du sauber oder du bist mich los.» Es brach mir das Herz, doch ich entschied mich für den Beruf.

Sie wechselte den Namen, den Kanton und die Front. Das war ihre einzige Chance, den Lebensstil einigermassen aufrecht zu erhalten, ohne sich einem Typen ausliefern zu müssen. Dank ihrem Insiderwissen wurde sie zu einer gefragten Mitarbeiterin beim Fahndungsdienst der Kriminalpolizei und machte Karriere. Beim Aussteigen in der Bergstation blickte ich zum ersten Mal seit Jahren in ihre tiefbraunen Augen. Mir wurde schwindliger als vorher über dem Abgrund. Aber, vorsichtig wie ich bin, verzog ich keine Miene und liess ihr als echter Gentleman den Vortritt. Ihre betörende Schönheit hatte seit unserer Trennung überhaupt nicht gelitten. Dafür litt ich während des Abendessens Höllenqualen. Denn sie turtelte am Nebentisch weiter. Bis ihr Begleiter seine Pfeife stopfte. Endlich konnte ich wieder logisch denken. Mir wurde klar, dass ihr Theater ein bewundernswürdiges Doppelspiel war. Sie kochte nicht mich ab, sondern ihren Mitspieler, dem sie verbarg, dass sie die grosse Ehre hatte, mich zu kennen. Das beruhigte mich, und ich bestellte noch eine Flasche Burgunderwein.

Nach dem Diner begab sich der Herr ins Bad, das sich am anderen Ende des Korridors unseres gemütlichen Hotels befand. Ich klopfte an die Tür des Zimmers Nummer 7 und trat ein. Marion empfing mich mit der Smith & Wesson im Anschlag.
«Mach keine Dummheiten, Schätzchen, und bring mich nicht wieder in Gefahr», drohte sie, «diesmal sitzt du in der Tinte. Du hast noch Zeit bis morgen früh. Schau zu, dass dir etwas einfällt, und jetzt: auf Wiedersehen.»
Ich sagte kein Wort und zog mich zurück. Auf meinem Zimmer wurde mir klar, was sie gemeint hatte. Meine Tasche war durchsucht worden. Der Kavalier interessierte sich also auch für die persönlichen Angelegenheiten von Männern. Er war im doppelten Boden auf einige Kilo Noten gestossen, die man nicht spielen kann und die ein weltbekanntes Zürcher Geldinstitut seit kurzem schmerzlich vermisste. Der staatlich subventionierte Laiendarsteller hatte die Bündel nicht angetastet. Er wollte, soviel war klar, mit seinem grossen Coup bis am nächsten Tag zuwarten, wenn die Verstärkung da sein würde. Doch war ich nicht besonders interessiert, persönlich mit dabei zu sein. Es hätte schwierig werden dürfen nachzuweisen,

dass der an sich gerechte Wechsel der Besitzverhältnisse, den ich mit grossem persönlichem Engagement und Mut zum Risiko bewerkstelligt hatte, vollständig im Einklang mit dem Strafgesetzbuch stand, dessen Paragrafen der individuellen Freiheit viel zu enge Grenzen setzen und die das freie Unternehmertum hemmen.

Ich verabscheue Gewalt, und so blieb mir keine Wahl. Mitten in der Nacht stand ich auf, um eine Station weiterzuziehen auf meinem einsamen Lebensweg. Ich warf den Motor der Seilbahn an und hechtete in die Kabine, die schon anfuhr. Ich hatte vor abzuspringen, bevor die Alpensänfte in der Talstation zerschellen würde – in der gleichen Sekunde wie ihre Zwillingsschwester in der Bergstation. Das sollte mir auf meine zwei Anstandspersonen einen willkommenen Vorsprung verschaffen.

Aber es kam anders. Nach zwölf Minuten, als ich schon fast unten angekommen war, stand die Kabine auf einmal still. Ich schaltete blitzschnell. «Ich habe nur für eine Bergfahrt gelöst, nicht für zwei. Daran halte ich mich. Ich bin ein ehrlicher Mann, Schwarzfahren ist mir zuwider», schrieb ich in aller Eile auf einen Zettel, den ich ans beschlagene Fenster klebte. Dann packte ich meine Tasche, in der sich immer noch die Noten befanden, die mir fast zum Verhängnis geworden wären, öffnete mit dem Nothahn die Tür und schwang mich aufs Kabinendach. Unter mir tat sich der schwarze Abgrund auf. Kaum hatte ich mich aufgerichtet, setzte sich die Bahn wieder in Bewegung. Wie erwartet, ging es aufwärts. Mein französischer Abschied war bemerkt worden. Ich war den Leuten auf dem Berg so ans Herz gewachsen, dass sie keine Minute ohne mich auskamen, und nun wollten sie mir den roten Teppich ausrollen. So leicht liess ich mich aber nicht einfangen.

Ich starrte in die Dunkelheit, wo bald die andere Gondel auftauchen musste. Ich wusste, dass die zwei Schaukeln sich an der höchsten Stelle über den Felsen begegnen würden. Viel war nicht zu sehen in jener Nacht. Die Gebirgslandschaft interessierte mich zu diesem Zeitpunkt aber sowieso nur am Rande. Als ich aufs Dach gestiegen war, hatte es geregnet, nun schneite es nasse Flocken. Meine linke Hand klebte an der eiskalten Aufhängung aus Stahl. Über mir sirrte das dicke Tragseil, an dem alles hing. Da näherte sich lautlos von oben ein Schatten in der Nacht. Ich erlebte einen unvergesslichen Moment, bevor mir der Schlag in die Beine und der Glockenklang anzeigten, dass ich im richtigen Sekundenbruchteil gesprungen war. Aber ich rutschte aus, fiel auf den Allerwertesten und glitt übers Dach. Meine Beine befanden sich schon an der Seite der Kabine und ich war drauf und dran, die zweite Flasche Burgunder zu verfluchen, als die Hände im letzten Moment an einer Verstrebung Halt fanden und den Körper hochzogen, der ziemlich lädiert war. Halb so schlimm, dachte ich, Hauptsache ist, dass es wieder abwärts geht und zwar in kontrolliertem Tempo. Der feuchte Schnee ging erneut in nassen Regen über.

In der Talstation stieg ich vom Dach. Ich wollte mich davonmachen. Dann hatte ich eine Erleuchtung. Ich glitt durch die Klapptür, die sich automatisch geöffnet hatte, in die Kabine, machte es mir auf der Bank bequem und wartete. Nach wenigen Minuten begann das Karussell erneut zu drehen. Ich erlebte einen jener seltenen Momente grosser Befriedigung, die das Malochen lohnen und die dazu beitragen, dass mich die Kenner für einen der gewieftesten Vertreter meiner Zunft halten. Die obere Gondel, das wusste ich, war ebenfalls besetzt. Die Jagdsaison war eröffnet. Vor der Kreuzungsstelle, die ich nur zu gut kannte, duckte ich mich. Durch die Türspalte erkannte ich in der anderen Luftkutsche das Glühen einer Pfeife. Der Mann mit Knarre, der daran sog, fuhr zu Tal, um mir eine grosszügige staatliche Pension zu offerieren. Doch ich zog es eindeutig vor, den Steuerzahlern, zu denen ich selber nicht zähle, nicht zur Last zu fallen.

In der Bergstation stand Marion ohne Smith & Wesson und zitternd vor Kälte im Schlafrock.

«Ich hab dich erwartet», sagte sie.

«Danke gleichfalls. Wie hast du deinem falschen Kavalier beigebracht, dass du nicht an meiner Verfolgung teilnimmst?»

«Erstens bin ich der Boss, das kannst du dir gleich merken, und zweitens habe ich ihm vorgerechnet, dass ich 500 Überstunden abzubauen habe und dass ich damit sofort hier in der Einsamkeit beginnen möchte.»

Ich fand das eine vorzügliche Idee.

«Im Tal unten hat es auch ohne mich genügend Kollegen, die sich an deine Fersen zu heften versuchen. Und notfalls kann ich den Einsatz ja auch per Handy lenken», fügte Marion an, während sie den Hauptschalter der Seilbahn auf «Aus» stellte.

Im Wartsaal

Wenn ich auf meinen häufigen Auslandreisen in einem Bahnhof ankomme und etwas Zeit habe, halte ich nach dem Wartsaal Ausschau. Nicht um mich hinzusetzen, sondern weil ich Oswald suche, den ich während des Studiums kennen gelernt habe. Er war an der Philosophischen Fakultät immatrikuliert. Sozialarbeit, glaube ich. Aber er besuchte weder Vorlesungen noch Seminarien und keiner wusste, was er den ganzen Tag trieb. Am Abend tauchte er ab und zu in der «Wirtschaft zum Pfauen» auf, in der Altstadt, wo er mit uns am Tisch sass und zuhörte, wie wir über Politik, Wissenschaften und Beziehungen disputierten, und gegen Ende des Abends ausführliche Bettgeschichten auftischten, die höchstens zur Hälfte stimmten.

Manchmal liess sich Oswald wochenlang nicht blicken. Er betreute ein Entwicklungsprojekt in Afrika, für das er Kleider, Werkzeug und Wolldecken sammelte. Nach seinen Abwesenheiten erzählte er vom Leben in den Steppen- und Bergdörfern im Tschad, im Sudan oder in Mali, wo er wegen seiner Hilfe geschätzt werde, wie er durchblicken liess, und wo ihn die einheimischen Musiker das Trommelspiel lehrten, das er uns auf Tschembes und Bongos vorführte, und das er tatsächlich von Mal zu Mal besser beherrschte. Er schlug mit einer Wildheit auf die Häute ein, die wenig zu seiner zurückhaltenden Art zu passen schien. An jenen Abenden stand Oswald im

«Pfauen» im Mittelpunkt, bis ihn die Wirtin hinauswarf wegen des Heidenlärms, den er veranstalte, und wahrscheinlich auch, weil er nie etwas bestellte.

Wir wussten, dass er nie in Afrika gewesen war, aber wir machten das Spiel mit aus Freundschaft, aber auch aus Eitelkeit. Durch den Umgang mit Oswald hofften wir, uns praktisches Wissen in offener Psychiatrie anzueignen, was unter Studenten begehrt war. Wahrscheinlich ahnte er, dass wir ihn durchschauten, aber es war ihm egal. Wir versorgten ihn mit Wollmützen, abgetretenen Schuhen, oder spendeten einen Fünfliber für sein imaginäres Hilfswerk. Er bedankte sich jeweils kurz und mit einer geschäftsmässigen Routine, mit der er zu verstehen gab, dass die Waren anderen zugute kommen würden.

Durch Zufall habe ich einen Teil seines Geheimnisses entdeckt. Mit Maria Luisa de Luz Trindade, der portugiesischen Romanistik-Assistentin, war ich in den Semesterferien auf einem enorm schweren Tandem mit breiten Reifen und nur drei Übersetzungen, aber vier Bremsen (einer Trommel- und einer Felgenbremse pro Rad), zu einer Tour nach Südfrankreich aufgebrochen. Gegen Mitternacht erreichten wir Genf. Wir fuhren zum Bahnhof Cornavin, um den Durst zu löschen. Doch das Buffet war bereits geschlossen, die Hallen waren leer bis auf den Putztraktor, der fauchend seine Runden drehte. Im Wartsaal brannte noch Licht. Oswald sass alleine auf einer Holzbank, hämmerte auf die Trommel ein, sein Oberkörper wippte auf und nieder, die blonden Haare wirbelten um Kopf und Schultern. Er begrüsste uns erfreut, erwähnte nebenbei, dass er das Visum besorgt habe und bald nach Lagos fliegen wolle.

Der Wartsaal in Genf war gebaut worden, als das Warten noch ein wichtiger Teil jeder längeren Bahnreise war. Neue Neonlampen tauchten die Bankreihen aus lackiertem Eichenholz in ein grelles Licht. Darüber schufen mittelmässige Gemälde von alten, erhabenen Landschaften und in tiefe Nischen eingelassene Fenster mit farbigen Eckscheiben eine bescheidene Feierlichkeit. Sie sollte die Reisenden auf die Freuden und Leiden der bevorstehenden Bahnfahrt vorbereiten. Unter den Sitzflächen klebten ausgetrocknete Kaugummis, deren Relief die Wartenden angeekelt ergriffen, wenn sie sich festhalten wollten, um eine andere Position einzunehmen. Über der Tür hing die Uhr. Einmal jede Minute sprang der Zeiger mit einem trockenen Klopfen vorwärts. Dieses musste sogar vernehmbar sein, wenn Hochbetrieb herrschte. In den schweizerischen Wartsälen redeten die Leute kaum, sie tuschelten höchstens, als wären sie in einer Kirche. So hörten sie die Zeit verrinnen in Erwartung des nächsten Zugs, den sie manchmal verpassten, weil sie in der ereignislosen Umgebung und der abgestandenen Luft einnickten.

Luisa und ich waren zu müde und zu glücklich, um ein Hotel zu suchen. Oswald schlug uns vor, am Automaten ein Billett nach Vernier zu lösen, das koste nur Einsachtzig. Damit könnten wir im Wartsaal übernachten, wie er das selber gewohnt sei, manchmal leiste er sich sogar ein Billett erster Klasse und nehme im Raum nebenan Platz, in dem es Kronleuchter und gepolsterte Ledersitze habe, weniger stark nach Zigaretten, Käsebroten oder Zwiebeln stinke und in dem leiser geschnarcht werde. Doch als wir uns in den Schlafsäcken verkrochen hatten, tauchte ein Bahnbeamter auf und schickte uns hinaus. «Der Wartsaal wird jetzt aus Sicherheitsgründen in der Nacht abgeschlossen, je regrette bien.»

Lange standen wir ratlos und taub vor Müdigkeit auf Perron eins, der Sommerwind wirbelte helle Papierfetzen über den Asphalt. Sie drehten Pirouetten und stürzten in den Schienengraben, wo sie liegen blieben, bis der nächste Luftstoss sie wieder emporhob. Oswald hatte die Idee, die Nacht in einem Reisewagen zu verbringen, der auf der anderen Seite des Gleisfeldes abgestellt war. Die Türen waren zum Glück nicht abgeschlossen, wir stiegen ein und versanken in den Polstern. Am nächsten Morgen weckte uns ein Kondukteur der SNCF. Er forderte uns auf, die Billette zu zeigen. Draussen flogen Baumkronen, Fahrleitungsmasten, Wolken und Krähen vorüber. Unser Waggon war an den Frühzug nach Paris angehängt worden.

«Les Suisses vont à la gare, mais ils ne partent pas», soll Boris Vian zu Arnold Kübler, seinem Schwiegervater, gesagt haben, als dieser ihn auf die Stammgäste im Zürcher Bahnhofbuffet aufmerksam machte, die mit ernster Miene an ihren Tischen ausharrten, um eine Stange Bier nach der anderen zu leeren, als handle es sich um eine bedeutende Aufgabe. Oswald wartete lieber im Wartsaal auf Züge, die er nie zu besteigen beabsichtigte. Nur an diesem Morgen war er unterwegs, allerdings unfreiwillig. In Bellegarde, dem ersten Halt, stieg er schon aus.

Luisa und ich lösten ein Billett und setzten die Reise nach Paris fort. Wir liessen das Tandemfahren sausen, es hatte die Abstände zwischen unseren pausas de mil beijos, wie Luisa sie nannte, den Pausen der tausend Küsse, zu stark verlängert.

Später dehnte Oswald den Radius seiner Reisen doch über die Landesgrenze aus. Wahrscheinlich sah er sich dazu gezwungen, weil immer mehr Schweizer Wartsäle in der Nacht geschlossen oder mit unbequemen Schalensitzen aus Kunststoff ausgestattet wurden, die die Leute daran hindern sollten, sich hinzulegen und zu übernachten.

Zwei Jahre nach dem Genfer Erlebnis begegnete ich Oswald im riesigen Wartsaal von Milano-Centrale. Ich war auf der Heimreise von einem Sprachaufenthalt in Florenz, der mir auch dazu hätte dienen sollen, Luisa zu vergessen, die von einem Tag auf den anderen ihre Assistenz abgebrochen hatte und nach Évora zurückgekehrt war, wo sie einen reichen Grossgrundbesitzer heiratete. Sie hat nie mehr etwas von sich hören lassen, obschon ich am Anfang jeden Tag einen Liebesbrief auf ihre Spur schickte. A Luisa minha, para sempre me lembrarei do perfume de teus olhos, de teu pele. Ihr Bruder hielt mich auf dem Laufenden. Er bezeichnete seinen Schwager als fanfarrão, einen Angeber, der die Schwester unglücklich mache. Doch wer kann Luisa auf die Dauer schon glücklich machen?

Oswald, der mit den Verhältnissen im Wartsaal von Mailand vertraut war, wies mich auf eine Szene hin, die sich auf einem der massigen Holzbänke abspielte und die mir entgangen war, wie ich erstaunt feststellte. Ein Mann in billiger Jacke und abgetragenen, dünnen Hosen beugte sich über das Hinterteil eines Schlafenden, der fast ebenso schlecht gekleidet war. Mit einer Rasierklinge öffnete der Dieb behutsam und geschickt wie ein Schneider die Tasche, auf der sich die Konturen des Geldbeutels abzeichneten. Die Leute auf den nahen Bänken schauten teilnahmslos zu.

«Über kleine Gaunereien regt sich hier niemand auf», erklärte Oswald, der mein Erstaunen bemerkt hatte, «das gehört zum Bahnhofalltag.»

«Bist du oft hier?»

«Ab und zu auf der Durchreise.»

Der Dieb hatte sich mit dem Geldbeutel davongemacht. Der Bestohlene lag noch in der gleichen Stellung, mit halb angezogenen Knien, auf der Bank. Der Stoff seines ehemaligen Hosensacks hing in Falten über das Gesäss: Eine jämmerliche Siegesfahne des Taschendiebes. Als der Mann endlich erwachte, automatisch nach dem Portemonnaie griff und stattdessen nur den armseligen Zipfel zu fassen bekam, stand er auf, fluchte und schaute herausfordernd in die Runde. Niemand kümmerte sich um ihn. Im Wartsaal von Mailand wechselte das Publikum ohne Unterbruch. Die meisten Leute waren gekommen, nachdem der Dieb seine Arbeit erledigt hatte, und jene, die dabei gewesen waren, taten so, als seien sie ebenfalls erst vor kurzem eingetroffen. Auch Oswald und ich liessen uns nichts anmerken. Der Bestohlene machte sich davon, über die mascalzoni, die vigliacchi und die poliziotti lästernd.

Das war vor fünfzehn Jahren. Heute sind die Wartsäle leer, die Reisenden haben zu wenig Zeit zum Warten. Ich ziehe ebenfalls eine Kaffeepause, den Kiosk oder die Buchhandlung vor, wenn der nächste Zug für einmal nicht gleich abfährt. Nur Oswald benutzt immer noch die Wartsäle. Seine Vorliebe erinnert mich an einen Spruch des pietistisch angehauchten Pfarrers, der uns im letzten Jahr der Oberstufe in Religion und Lebenskunde unterrichtete. «Das Leben ist der Wartsaal ins Jenseits», verkündete er, im Chor der Kapelle stehend, während wir hinten im Schiff unter den Rückenlehnen der Bänke hindurch streng verbotene Bilder von halbnackten, unbekannten und unerreichbaren Schönheiten zirkulieren liessen. Wir lachten Tränen, ohne einen Laut von uns zu geben, bis wir aufstehen mussten, um mit roten Köpfen und gefalteten Händen das Vaterunser aufzusagen oder einen Psalm zu murmeln. «Unser Leben währet siebenzig Jahre, und wenn es hoch kommt, sind es achtzig Jahre und das meiste daran ist Mühsal und Beschwer; denn eilends geht es vorüber und wir fliegen dahin. Wer erkennt die Gewalt deines Zorns, und wer hegt Furcht vor deinem Grimm? Lehre uns unsre Tage zählen, dass wir ein weises Herz gewinnen.»

Ich habe Oswalds Wege auf meinen Reisen noch ab und zu gekreuzt oder von anderen erfahren, wo er Station machte. Einmal berichtete eine Kollegin, sie habe ihn im Wartsaal von Roma-Termini angetroffen. Damals dachte ich, er versuche, sich Afrika auf diesem Weg zu nähern und glaubte, er werde es vielleicht eines Tages doch erreichen. Aber später hat jemand sein Trommeln in der Nacht aus dem Wartsaal von Domodossola vernommen, und danach muss er sich in Lyon aufgehalten haben. Zuletzt habe ich seine schlanke Gestalt auf dem Bahnsteig von Köln erblickt; die Haare, die er kurz geschnitten hatte, waren ergraut, die Trommel begleitete ihn weiterhin auf seinen einsamen und rätselhaften Wanderungen.

Mirjams Schulreise

Meine Tochter, Mirjam, interessiert sich überhaupt nicht für Geografie. Das hat sich schon sehr früh abgezeichnet. Als sie ungefähr ein Jahr alt war und gerade erst gehen konnte, wollte ich ihr nach dem Abendessen auf dem Balkon die leuchtenden Alpengipfel zeigen. Miri zeigte nicht einmal höfliches Interesse. Ihre Begeisterung galt nicht den Gipfeln und Hörnern in der Ferne, sondern den Hörnli und den Brotbrösmeli, die unter den Tisch gefallen waren, sowie den Geranien und den übrigen Blumen, an deren farbigen Blättern sie andächtig zupfte, um sie sich anschliessend in den Mund zu stopfen. Die Blüemlisalp hingegen war ihr so lang wie breit.

Auch jetzt, da Mirjam schon in die zweite Klasse geht, ist es nicht besser geworden, und ich mache mir ernsthafte Sorgen. Fast noch mehr zu schaffen als ihre Schwäche in der Geografie macht mir ihre Vergesslichkeit in praktischen Dingen. Ich weiss nicht, woher sie diese hat.
Vor zwei Wochen hat sie sich mit ihrer Klasse auf die Schulreise begeben.
«Wo geht ihr hin?», erkundigte ich mich.
«Keine Ahnung.»
«Ihr habt doch sicher ein Blatt bekommen, auf dem das Ziel angegeben ist.»
«Das habe ich in der Schule vergessen.»

Wenigstens wusste Mirjam, dass Frau Bärtschi, die Lehrerin, gesagt hatte, sie müssten spätestens um Viertel vor acht auf dem Pausenplatz sein. Den Rucksack mit der Grillwurst, dem Sackmesser, dem Badeanzug und dem Regenschutz habe ich ihr aus Erfahrung mitgegeben. Auch etwas Geld und die Kamera.

Ich vertröstete mich auf den Abend, um Genaueres zu erfahren.

«Wie war es denn so?», wollte ich wissen, als ich von der Arbeit heimkehrte.

«Hönne.»

«Könntest du eventuell etwas ausführlicher sein? War es hönne gut oder hönne schlecht?»

«Gut.»

«Wo seid ihr jetzt überhaupt hingefahren?»

«Ich weiss es nicht. Es waren komische Namen.»

Ich änderte die Taktik und versuchte der Sache detektivisch auf die Spur zu kommen.

«Was habt ihr denn so gemacht?»

«Einmal haben wir ein Feuer angezündet und die Wurst gebraten und den Tee getrunken und das Tuttifrutti gegessen, und einmal haben wir gebadet.»

«Dann seid ihr also an einem See gewesen?»

«Ja.»

«Hatte es auch Berge?»

«Ich glaube schon.»

Ich wähnte mich endlich am Ziel: «Frau Bärtschi hat bestimmt gesagt, wie diese heissen.»

«Ja, aber ich hatte keine Zeit zum Zuhören, ich musste mit Isabelle die Enten füttern und die Taucherli. Aber die frechen Möwen haben ihnen immer alles weggeschnappt.»

«Hiess der Berg vielleicht Rigi oder Monte San Salvatore?»

«Ja, ich glaube so ähnlich, Salvatore Rigi.»

Es war zum Verzweifeln, aber ich blieb hartnäckig. «Was habt ihr sonst noch getrieben?»

«Die Buben haben ein Wettrennen gemacht und flache Steine in den See geworfen, so dass sie hundertmal auf dem Wasser gehüpft sind und es überall Ringlein gegeben hat, und ich habe Isabelle erzählt, dass ich einmal Sportlehrerin werden will. Sie will auch Sportlehrerin werden. Heute hat sie vom vielen Laufen Blasen bekommen, aber sie hat nicht geweint.»

Jetzt gab ich mich geschlagen, wollte nur noch wissen, ob es lustig gewesen sei. Ja, meistens sei es lustig gewesen, sagte Mirjam, besonders als sich Andi den ganzen Yoghurtdrink über das Gesicht geschüttet habe, weil sich der Deckel von der Flasche löste. Andi habe zuerst ausgesehen wie der Vollmond, mit der Zeit seien die Augen, der Nasenspitz und die Lippen wieder aufgetaucht, da habe er ausgesehen wie eine Fasnachtsmaske. Der Yoghurtdrink sei der mit Bananenaroma gewesen, den habe sie auch am liebsten.

«Sonst ist nichts passiert?», erkundigte ich mich sicherheitshalber.

«Ehm nein, ausser dass ich meinen Rucksack nicht mehr habe.»

Mir gab es fast etwas: «Kannst du nicht wenigstens einmal auf deine Sachen aufpassen? Wann hast du ihn vergessen?»

«Als Andi sich den Yoghurtdrink übers Gesicht geschüttet hat.»

«Ich meine, wo war es?»

«Das weiss ich nicht mehr so genau, wir waren im Zug und sind viel zu schnell gefahren.»

Am nächsten Tag ging ich aufs Fundbüro im Bahnhof und erklärte, meine Tochter Miri habe gestern irgendwann am Nachmittag einen blauen Rucksack in irgendeinem Zug liegen lassen. Der Angestellte war sehr höflich, hätte aber gerne etwas präzisere Angaben gehabt und fragte, auf welcher Strecke das Missgeschick denn vorgefallen sei. Leider könne ich ihm da nicht dienen, musste ich gestehen, wahrscheinlich sei es aber in der Schweiz gewesen. Auf dem Boden des Zweitklassewagens müsse es einen milchigen Fleck haben.

Das hat anscheinend geholfen. Vor einer Woche konnte ich den Rucksack abholen. Ich war gestresst, weil ich wegen des Gangs aufs Fundbüro fast die S-Bahn verpasst hätte, und habe beim Aussteigen leider Mirjams Rucksack vergessen.

Obschon ich dem Angestellten im Fundbüro beim zweiten Mal weitaus genauer Auskunft geben konnte, ist der Rucksack bisher nicht wieder aufgetaucht. Der Finder soll ihn ruhig behalten, samt dem Sackmesser, dem Blumenstrauss, den Mirjam für mich gepflückt hat und der jetzt wohl verwelkt sein dürfte, samt dem geschmolzenen Ragusa und meinetwegen der Kamera. Aber er soll mir doch wenigstens den angefangenen Film schicken. Dies ist meine letzte Hoffnung herauszufinden, wo die erste grössere Schulreise von Miri hingeführt hat. Isabelle und die anderen Kameradinnen können mir nämlich auch nicht weiterhelfen. «Keine Ahnung», antworteten sie mir gestern, als ich sie nach dem Ziel des Ausflugs gefragt habe.

Rose Marie

Die Reiseleiterin Rosmarie Horisberger bietet Wanderungen entlang von stillgelegten Bahnlinien an. Sie nennt das «Railtrekking». Im Winter streift sie während Monaten alleine durch halb Europa, um neue Routen zu entdecken. Oft hält sie sich in Frankreich auf, wo es hunderte von Kilometern Trassen gibt, auf denen der Bahnbetrieb teils schon seit Jahrzehnten eingestellt ist, teils auch erst seit kürzerer Zeit. Dank Rosmarie weiss ich, dass das einst dichte französische Netz auf die Initiative eines Transportministers namens Fressinet zurückgeht, der vor mehr als 100 Jahren den Plan entwarf, jede Ortschaft von einer gewissen Grösse ans Bahnnetz anzuschliessen, was in den meisten Regionen auch ausgeführt wurde. Später hat Frankreich unter dem Druck seiner Autoindustrie einseitig den Strassenbau gefördert und die Bahn vernachlässigt.

Um die Überreste der alten Linien zu entdecken, brauche es heute ein geübtes Auge, sagt Rosmarie. Am auffälligsten seien die ehemaligen Stationsgebäude, die man leicht an ihren Rundbogenfenstern und -türen erkenne. Manchmal sei noch das im Jugendstil verzierte Perrondach vorhanden, Marquise genannt, samt Emailschild mit dem meist nur noch schwer lesbaren Namen des Bahnhofs. Gute Hinweise seien ausserdem Geländeeinschnitte, Dämme und Viadukte, aus deren abbröckelnden Mauern Büsche wachsen würden. In hügeligem

Gelände seien Fahrwege mit grossen Kurvenradien und geringen Steigungen ein Anzeichen dafür, dass sie der Spur einer alten Bahnlinie folgten.

Noch mehr als für die Ruinen selber interessiert sich Rosmarie für die Geschichten, die mit den alten Anlagen verwoben sind. Vor zwei Jahren, so erzählte sie mir, als ich sie unlängst in einer Buchhandlung traf, sei sie eines Abends im November, nach einer langen Wanderung, in Frankreichs Westen auf den abgelegenen Bahnhof von S. gestossen. Dieser war in eine Gastwirtschaft mit Hotel umgebaut worden. Im Gegensatz zu vielen anderen Stationen pflegten hier die Besitzer auch die nutzlos gewordenen Details der Anlage. Barrieren und Bahnglocke waren frisch gestrichen, die Uhr mit den römischen Ziffern lief auf die Minute genau.

Das Bistrot im ehemaligen Schalterraum war voller Stammgäste und Qualm. Ich setzte mich an einen Tisch, fuhr Rosmarie fort, und bestellte einen Kaninchenbraten mit Gemüse, dazu eine Flasche Médoc. Als ich gerade das Hors d'œuvre verschlang, einen gemischten Salat mit Terrine de Campagne, erkundigte sich ein etwa 50-jähriger Gast mit einem gepflegten Dreitagebart, ob ich mich vor Spuk fürchte. Bevor ich die Frage verneinen konnte, rief der rundliche Wirt, der uns von der Theke aus beobachtet hatte, hastig durch den Nebel aus Zigarettenrauch und Küchendunst: «Mais tais-toi, Boris!» Jetzt war meine Neugier geweckt. Ich lud den schon ziemlich angesäuselten Boris zu einem weiteren Glas Wein ein. So erfuhr ich die Legende des letzten Bahnhofvorstands von S., von Olivier Prudhomme, der mit seiner Mutter zur Schule gegangen sei, wie Boris am Anfang betonte.

Olivier, ein leutseliger Mensch, der länger als damals üblich ledig geblieben war, verliebte sich mit 26 in Rose Marie

Denizet, in die älteste und schönste der vier Töchter des Dorfschmieds, der nebenher eine Autogarage führte. Jeden Samstag pedalte sie zum Markt. Sie musste an der Barriere beim Bahnhof den 9-Uhr-Zug abwarten, der meistens verspätet war. Olivier nutzte diese Gelegenheiten um ihr den Hof zu machen. Rose Marie liess sich seine Avancen gefallen, sie blieb aber auf Distanz. Nach einigen Monaten griff er zu einem stärkeren Mittel. Er nähte in einer Nacht, in der er Dienst hatte, ein Transparent und knüpfte dieses an einem Samstagmorgen, bevor Rose Marie auftauchte, zusammengefaltet an die zwei Stangen der geschlossenen Schranke. Nach der Durchfahrt des Zugs, als Olivier die Barrierenarme wie üblich hochkurbelte, klappte das Tuch auf. Rose Marie, tu es la plus belle, stand über der Strasse in grossen Lettern geschrieben. Mit gesenktem Kopf und ohne sich etwas anmerken zu lassen, fuhr Rose Marie Denizet unter dem Transparent durch.

Die aussergewöhnliche Aktion war erfolgreich. Rose Marie begann sich ebenfalls für Olivier zu interessieren. Die Sache war laut den Gerüchten, die im Dorf zirkulierten, schon weit gediehen, als Germain Denizet, Rose Maries Vater, Wind davon bekam und sie abrupt beendete. Der Schmied, der nebenher eine Autogarage führte, hielt wenig von der Staatsbahn und ihren Angestellten. Er schickte fortan Sylvie auf den Markt, die zweitälteste Tochter. Der autoritäre Denizet, der zum Jähzorn neigte, verknurrte Rose Marie zu Hausarrest und zwang sie noch im gleichen Jahr, Paul Lesecq zu heiraten, der um ihre Hand angehalten hatte. Der ehrgeizige Vizepräfekt des Departements stammte aus einer einflussreichen Familie, und man sagte ihm eine steile Karriere voraus. Mit Frauen hatte er aber bisher kein Glück gehabt. Er soll keine sehr gewinnende Person gewesen sein.

Lesecq dachte sich einen fulminanten Start zur Hochzeitsreise aus, mit der er es eilig hatte. Dank seiner guten Beziehungen zu den Bahnbehörden in der Hauptstadt erreichte er, dass der Nachtexpress nach Paris ausnahmsweise im Bahnhof von S. einen Halt einschaltete. Olivier musste den Zug mitten in der Nacht abfertigen. Er sah das frisch vermählte Paar mit den letzten Hochzeitsgästen unter dem flackernden Licht der Gaslampen stehen und beobachtete die hellen Atemfahnen, die aus den Mündern in die kühle Nacht emporstiegen. Er hörte die anzüglichen Ratschläge mit, die die gut gelaunten Gäste Rose Marie und Paul Lesecq auf den Weg gaben. Nachdem der Zug eingefahren und das Paar in den Schlafwagen gestiegen war, gab der Bahnhofvorstand um punkt ein Uhr das Signal zur Abfahrt. Der Zug setzte sich prustend in Bewegung und verschwand in der Dunkelheit der Nacht.

Nach diesem Ereignis wurde Olivier schweigsam und ausfällig, wenn ein Kunde am Schalter eine kritische Frage zu stellen wagte. Die Dorfbewohner vermuteten, dass er heimlich trinke. Bald entschieden die Behörden aus undurchsichtigen Gründen, die Strecke stillzulegen. Es hiess, dass Paul Lesecq, der zum Präfekten aufgestiegen war, und sein Schwiegervater die Hände im Spiel hatten. Olivier ist mit einem einzigen Koffer in den letzten, mit einem Blumenkranz und Fahnen geschmückten Zug gestiegen, der von S. aus in Richtung Limoges abfuhr. Er hat sich in S. nie mehr blicken lassen. Möglicherweise sei er ausgewandert oder im grossen Krieg umgekommen, vermutete Boris.

Als er mit seiner Erzählung fertig war, nahm ich den Käse in Angriff und wollte wissen, was Oliviers Geschichte mit dem Spuk zu tun habe. Boris fragte mich, ob es mich störe, wenn er rauche. «Keineswegs», antwortete ich ungeduldig. Auf eine zusätzliche Zigarette kam es in der dicken Luft ohnehin nicht mehr an. Nach ein paar hastigen Lungenzügen rückte er mit der Sprache heraus: «Écoute Rosemarie, seit Olivier verschwunden ist, dampft einmal im Jahr um ein Uhr früh der alte Nachtexpress als Geisterzug durch unsere Station. Davon sind alle überzeugt, alle ausser dem Pfarrer und dem Patron dieses Etablissements. Er fürchtet, dass sein Lokal in Verruf komme.»

Im Bistrot war es still geworden. Die Gäste schauten zum Wirt, der in der Küchentür stand, in unsere Richtung blickte und seine Hände nervös an der fleckigen Schürze abtrocknete: «Glauben Sie ihm nicht Madame Ochisbechschee», rief er durch den Saal, «Boris tischt Ihnen hundert Lügen auf. Es ist der Nordwind, der bei uns in dieser Jahreszeit zu wüten anfängt.» Er zog sich aufgebracht in die Küche zurück.
«Sagen Sie mir, Boris, wann geschieht das denn jeweils?»
«Immer vom 12. auf den 13. November, in der Nacht, als Rose Marie und der Präfekt den Schlafwagen bestiegen.»
«Das wäre dann heute Nacht?»
Boris grinste. «Exactement, Madame Rosmarie.»
Ich schenkte seiner Erzählung keinen Glauben mehr, trank den Cognac aus, den er mir spendiert hatte, ging angesäuselt auf mein Zimmer und fiel in einen bleiernen Schlaf.

Mitten in der Nacht weckte mich das Läuten der Bahnglocke, die normalerweise das Nahen eines Zugs ankündigt. Ich sprang auf die Beine und hielt mich am Bettgestell fest, weil die Fenster, der Tisch und der hohe Spiegel unter einem zunehmenden Tosen zu vibrieren begannen. Mir schien, als rase ein Schnellzug mitten durch das Zimmer. Der Spuk dauerte wohl nur wenige Sekunden, die mir aber wie eine Ewigkeit vorkamen. Ich öffnete die Läden. Es war eine kühle Nacht, der

Mond schien durch die Wolken, die der Sturmwind davontrug. Die Bahnhofuhr zeigte eins nach Eins.

Sie sei bis heute unsicher, ob das Zimmer wirklich erschüttert worden sei oder ob sie das Ganze nur geträumt habe, schloss Rosmarie ihren Bericht. Eines wisse sie aber bestimmt. Beim Verlassen des Hotels sei ihr das alte Transparent aufgefallen, das zwischen den Barrierenstangen flatterte: *Rose Marie, tu es la plus belle*. Leider habe sie in der Aufregung vergessen, es zu fotografieren.

Hans im Pech

Meine Grossmutter, Friede ihrer Seele, ruht seit über zehn Jahren in ihrem kühlen Grab. Von den vielen Geschichten, die sie mir einst erzählte, hat mir jene von ihrem Onkel Hans besonders Eindruck gemacht. Grossmutter beteuerte, die Geschichte sei wahr und beweise, wie gefährlich die Raucherei sei. Nach meiner Meinung zeigt sie aber auch, dass es genauso riskant sein kann, mit dem Paffen aufzuhören.

Es war Sonntag, und es war Frühling. Hans, ein zielstrebiger Bundesangestellter, war soeben aufgestanden, als ihn Sophie, seine Frau, fragte: «Hast du Feuer?» Sie war Kettenraucherin. Ein einziges am frühen Morgen entfachtes Streichholz reichte ihr normalerweise aus für einen ganzen Tag. Mit der ersten brennenden Kippe entzündete sie die nächste Zigarette, bis spät am Abend der letzte Stummel der Stafette erlosch. Die vielen Aschenbecher in ihrer Stadtwohnung waren immer randvoll mit stinkenden Kippen.

«Nein», antwortete Hans, «es ist keines mehr im Haus, aber ich gehe in den Laden um die Ecke, wir brauchen sowieso Zigaretten.» Auch Hans war ein starker Raucher. Er ging in den Tabakladen, deckte sich mit Glimmstengeln für einen ganzen Monat ein und machte sich auf den Heimweg. Er wollte gerade die Klinke der Haustüre drücken, als ihm einfiel, dass er die Zündhölzer vergessen hatte.

Er kehrte um und eilte noch einmal die Strasse hinunter. Einer plötzlichen Eingebung folgend, schritt er am Tabakladen vorbei, bog rechts ab und ging zum Bahnhof. «Heute ist mein 25. Geburtstag, ich bin mit meinem Leben nicht mehr zufrieden und will ein neues anfangen», sagte er sich. Er bestaunte die zischenden Dampfloks, deren Rauch bis unter das Dach der Bahnhofhalle emporstieg, wurde vom Fernweh gepackt, kaufte sich eine Fahrkarte und stieg in den erstbesten Zug ein, der gegen Süden fuhr.

In den Bergen an der Landesgrenze öffnete er das Fenster seines Abteils. Die Sonne schien ihm ins Gesicht. Neben dem Gleis schäumte der wilde Fluss. Hans warf die Zigarettenpackungen, eine um die andere, aus dem Fenster. Er hatte beschlossen, mit dem Rauchen aufzuhören: Die Landesgrenze ist auch der Übergang zu meinem neuen Leben, dachte er. Er war in einer geradezu feierlichen Stimmung. Da wurde die Abteiltür aufgerissen und der Zollbeamte trat ein. «Qualche cosa da dichiarare?», fragte er und erfasste sofort, was Hans tat. Der Grenzwächter stellte ihn zur Rede. Er habe soeben mit Rauchen aufgehört, stammelte Hans und versuchte sich an die paar italienischen Vokabeln zu erinnern, die er in der Rekrutenschule im Tessin aufgeschnappt hatte: «finito totale fumare.»
«Ausgerechnet an der Grenze?», fragte der Zöllner mit einem sarkastischen Grinsen.

An der nächsten Station musste mein Urgrossonkel aussteigen. Er wurde von den Carabinieri verhört. Sie glaubten ihm kein Wort, hielten ihn für ein Mitglied der Schmugglerbande, die in der Gegend aktiv war, und steckten ihn in Untersuchungshaft. Bei Wasser und Brot darbte er in einer Zelle ohne Sonnenlicht. Niemand kümmerte sich mehr um den Gefangenen. Nach einem Monat überwältigte er den Wärter, der ihm die dünne Suppe bringen wollte. Mit dem Leintuch, das er in Streifen geschnitten hatte, fesselte er ihn an die Eisenstäbe des Zellenfensters. Dann gab Hans Fersengeld. Er versteckte sich tagsüber in den Wäldern und floh nachts immer weiter nach Süden. Ein heisser und trockener Sommer war angebrochen, Durst und Hunger plagten den Flüchtenden. Auf einem Bauernhof in Umbrien liess Hans Arbeitskleider, einen Krug Wein und ein Huhn mitlaufen. Im nächsten Wäldchen rupfte er es gierig. Mit zwei Steinen, die er gegeneinander schlug, dürren Blättern und einigen Krüppelästen gelang es ihm, ein Feuer zu entfachen. Kein gebratenes Huhn und kein Wein haben ihm je so gut geschmeckt. Hans fiel in einen bleiernen Schlaf.

Gegen Abend kam eine laue Sommerbrise auf. Sie wirbelte die Glut hoch, trug die Funken fort, die das trockene Gras entzündeten und das Unterholz in Brand steckten. Die Flammen breiteten sich rasend schnell aus. Sie kletterten an den Bäumen hoch und entwickelten sich zu einem heulenden und gefrässigen Ungetüm, das das Gehölz und den angrenzenden Olivenhain samt der dazugehörigen Fattoria vertilgte. Hans wurde wieder gefangen genommen. Der Richter verurteilte ihn im Schnellverfahren wegen Brandstiftung, Hühnerdiebstahls, Ausbruchs aus staatlichem Gewahrsam, tätlicher Gewalt gegen die Obrigkeit, Körperverletzung und Zigarettenschmuggels zu einer langen Zuchthausstrafe. Die Zelle war noch enger und düsterer als die erste, die Suppe schmeckte noch fader. Bei einer günstigen Gelegenheit erleichterte Hans die Gefängniskasse um eine ansehnliche Anzahl Lire. Noch bevor der Buchhalter den Diebstahl feststellte, meldete sich Hans freiwillig zum Kartoffelschälen und bestach den Koch.

Zwei Stunden später verliess er das Gefängnis auf dem Fuhr-
werk des Lebensmittellieferanten – gut versteckt unter leeren
Jutesäcken.

Draussen neigte sich der Sommer dem Ende zu. Die Tage
wurden kürzer, das Sonnenlicht milder. Die Traubenlese hatte
begonnen. Hans fand in Apulien eine Anstellung als Tagelöhner. Dieses Mal wollte er sich mit ehrlicher Arbeit eine neue
Existenz aufbauen. Der Winzer zahlte den Erntearbeitern ihren kargen Lohn jeden Abend aus. In der letzten Nacht der
Erntezeit ging ein spätes Gewitter über dem Weindorf nieder.
Der Blitz schlug in der Scheune ein, in der die Tagelöhner
schliefen. Sie brannte sofort lichterloh. Hans kam knapp mit
dem Leben davon. Sein Erspartes verkohlte zusammen mit
dem Strohlager, unter dem er es aufbewahrte. Jetzt hatte er
genug vom neuen Leben. Er schwang sich auf einen fahrenden
Güterzug, der nach Norden unterwegs war. Nach drei Tagen
und drei Nächten öffnete Hans an einem herbstlichen Sonn-
tagmorgen die Haustür.

Seine Frau war gerade aufgestanden. «Das hat aber lange gedauert. Hast du jetzt Feuer?» fragte sie ihn. «Nein, das
habe ich vergessen», sagte Hans. Er machte kehrt, ging zur
Türe hinaus. Auf der Strasse schlug er die Richtung zum Tabakladen ein.

Zügeln mit dem Zug

In Freiburg an der Saane, wo ich studierte, hatte ich einen Kollegen, der hat mit dem Zug gezügelt. Er stammte aus dem Aargauischen, Thomas hiess er, den Nachnamen habe ich vergessen wie vieles aus dieser Zeit. Seine eindrückliche Schilderung des Umzugs von Aarau nach Freiburg ist mir aber im Gedächtnis geblieben, weil die Methode etwas ungewöhnlich war. Er hat seine Möbel, die paar Stühle, den Tisch und das Bett, die Bibliothek, die am Anfang des Studiums noch nicht besonders umfangreich war, sowie die Garderobe und die Stereoanlage der Marke Lenco in Aarau in den direkten Schnellzug nach Freiburg verfrachtet, der heute noch verkehrt. Viel Zeit stand ihm nicht zur Verfügung, denn die Eisenbahn hielt nur kurz, zwei Minuten vielleicht, aber es reichte. Thomas hatte seine Freunde und Bekannten aufgeboten, die ihm die Waren über die Treppe in den Wagen zweiter Klasse hoben, so dass der Schnellzug pünktlich Richtung Westen abfahren konnte. Thomas, der eben mit beträchtlichem Widerwillen seine Rekrutenschule absolviert hatte, machte es sich während der Fahrt im Raucherabteil bequem, er genehmigte sich mehrere filterlose Gauloises, auf die er neuerdings eingeschworen war. Er wollte sich mit Hilfe dieses Krauts an seine bevorstehenden Westschweizer Jahre akklimatisieren.

Diese begannen mit beträchtlicher Hektik. In Freiburg machten die SBB schon in unserer Studienzeit nur genau eine

Minute Station. Weil er am Ende seiner Reise noch niemanden kannte und also allein zurechtkommen musste, hatte sich Thomas einen raffinierten Plan zurechtgelegt. Damals liessen sich die Zugstüren auch während der Reise öffnen, und davon machte er nun vor der Einfahrt in die Stadt Gebrauch, etwa auf der Höhe des Grandfeyviadukts, das die Saane überspannt. Der angehende Student der Pädagogik war ganz vorne im ersten Wagen eingestiegen. Sobald er, unmittelbar nach der Universität Miséricorde und dem mittelalterlichen Heinrichsturm, das östliche Perronende erblickte, begann er seine Waren, die er im Eingangsbereich hoch aufgestapelt hatte, schön der Reihe nach auszuladen. Die ersten Pakete, die bei beträchtlicher Geschwindigkeit aus dem Waggon flogen, zischten noch eine ganze Weile in Fahrtrichtung über den Bahnsteig, ehe sie zum Stillstand kamen, vor den Füssen der hüpfenden, springenden und jedenfalls überraschten Wartenden, die natürlich nicht damit gerechnet hatten, dass Thomas am Zügeln war.

Der grösste Teil des Zügelguts war auf der ganzen Länge des Bahnhofs verteilt, als endlich auch der Zug anhielt. Die Minute Aufenthalt reichte aus, um den Rest der Ladung am Westende des Perrons in Sicherheit zu bringen. Thomas musste seine Habseligkeiten jetzt nur noch zusammensuchen – dazu stand ihm genügend Zeit zur Verfügung, während der Zug in Richtung Genfersee weiterrollte – und sie dann mit dem Veloanhänger, den er im Bahnhof aufgetrieben hatte, zu der Schlummermutter im Pérollesquartier befördern, bei der er eine Einzimmerwohnung gemietet hatte.

Thomas' Umzugsmethode war sicher die weitaus preiswerteste über diese Distanz. Mein Kollege hat bloss ein einfaches Billett von Aarau nach Freiburg gelöst. Der Kondukteur habe angesichts des beträchtlichen Handgepäcks zwar etwas verblüfft geschaut. Aber ein Reglement, welches das Zügeln mit dem Zug verboten hätte, gab es weder damals noch gibt es das heute. In der Hitze des Gefechts hat Thomas allerdings die Bananenkiste mit dem Plattenspieler, die er erst am Schluss ausladen wollte, zu früh auf die Reise geschickt, er hatte sie mit der Bücherkiste verwechselt. Die Musikanlage hat es nicht überlebt, dafür die Literatur und vielleicht war das ein Fingerzeig des Schicksals. Denn fortan galt es Pädagogik, Psychologie und Anatomie zu büffeln, fürs Vergnügen, wozu auch die Musik zu zählen ist, blieb weniger Zeit.

Ich kann natürlich nach so langer Zeit nicht mit Sicherheit nachweisen, dass sich alles genauso abgespielt hat. Jedenfalls war Thomas kein Lügner. Es ist allerdings möglich, dass mein unzuverlässiges Gedächtnis seine Geschichte im Lauf der Jahre ein wenig ausgeschmückt hat, obwohl ich auch das sehr bezweifle. Sicher ist, dass heute der Umzug mit Schnellzügen nicht mehr so leicht möglich ist, obwohl in Aarau wie in Freiburg inzwischen höhere Perrons zur Verfügung stehen würden sowie eine bequeme Rampe, die das Treppensteigen überflüssig machen, was einem natürlich gelegen kommt, wenn man den ganzen Hausrat mitführt. Das Problem sind aber die Türen, die sich aus Sicherheitsgründen erst öffnen, wenn der Zug hält. Die Fenster, die das Ausladen einst beschleunigen halfen, lassen sich in den klimatisierten Wagen überhaupt nicht mehr aufmachen.

Der Zuwachs an Komfort und Sicherheit hat eine Kehrseite. Der Fortschritt setzt dem Einfallsreichtum der Passagiere Grenzen und setzt die Tauglichkeit der Bahn als Zügelunternehmen herab. Einzig die modernen Doppelstockwagen bieten diesbezüglich Vorteile. Sie sind mit breiteren Türen und einem flachen Zugang ausgerüstet, so dass das Beladen und das Entladen weniger Zeit in Anspruch nehmen.

Wenn es eine Lehre aus dem Umzugsabenteuer zu ziehen gilt, das sich vor über 20 Jahren abgespielt hat, dann vielleicht die, dass direkte Zugverbindungen für die Fahrgäste äussert wichtig sind. Denn man stelle sich vor, der Student hätte in Bern mit seinen Stühlen, den Pfannen und Kaffeetassen, dem Bett, dem zertrümmerten Plattenspieler, der Hängematte sowie dem Veloanhänger noch umsteigen müssen.

Frohe Weihnachten

Mättu, ein ehemaliger Schulkollege, den ich aus den Augen verloren hatte, fragte mich kurz vor Weihnachten, ob ich am 24. Dezember mit ihm eine Zugfahrt nach Deutschland unternehmen würde, die für ihn äusserst wichtig sei. Nach einigem Zögern sagte ich zu, man kann das Fest der Feste schliesslich auch am 25. noch im Kreise seiner Angehörigen feiern, sagte ich mir, so genau nimmt das heute keiner mehr.

Im Speisewagen erklärte Mättu mir den Anlass der Reise. Vor genau einem Jahr sei er schon mit dem gleichen Zug nach Deutschland gefahren. Einfach so. Er lebe ja, wie ich wisse, alleine. Was wolle man am Heiligen Abend schon unternehmen? Irgendwo zwischen Giessen und Kassel sei die Fahrt durch einen Zwischenfall unterbrochen worden, der ihm nicht mehr aus dem Kopf wolle. Nach einer Schnellbremsung sei der Zug auf einem abgelegenen Bahnhof zum Stehen gekommen. Es sei schon dunkel gewesen. Zuerst habe er sie gar nicht bemerkt.

«Wen hast du gar nicht bemerkt?»
Mättu hörte mir nicht zu. Ihm gegenüber sei, so fuhr er unbeirrt fort, ein Reisender mit langem Bart gesessen, mit dem er zuvor kein Wort gewechselt habe, obschon dieser schon in Frankfurt zugestiegen sei. Nun habe er ihn gefragt, was dieser Halt zu bedeuten habe.
«Die warten wohl wieder einmal eine Verspätung ab», habe der bissig geknurrt.

Er selber habe dann gedankenverloren aus dem Fenster geschaut. Es habe in grossen Flocken geschneit, genau wie heute. Auf dem gegenüberliegenden Gleis sei ein Regionalzug gestanden. In dem sei sie gesessen. «Es war die schönste Frau, die ich je gesehen habe.»

«Nun übertreibst du.»
Mättu ignorierte auch diese Bemerkung. Er war in Fahrt gekommen, beschrieb die dunklen Augen, das engelhafte Haar, die feinen Gesichtszüge, das vornehme Wesen und wie dieses ihm zugelächelt und schliesslich sogar gewinkt habe. Anstatt sofort auszusteigen und in den Regionalzug zu wechseln, habe er nur einfältig zurückgelächelt, er sei wie gelähmt gewesen, wie vom Blitz getroffen.

«Mitten im tiefsten Winter», spottete ich.
Bevor er wieder habe denken können, sei sein Zug weitergefahren. Ein letzter Blick, dann sei sie in der Dunkelheit des Heiligabends verschwunden. Er hätte sich ohrfeigen können und habe damals die Chance seines Lebens verpasst, jammerte Mättu. Ich gab zu bedenken, dass ihm die Frau vielleicht nicht gewinkt, sondern nur mit der Hand die Fensterscheibe abgerieben habe, die in der Kälte sicher beschlagen gewesen sei. Mein Begleiter wollte von einer solchen Interpretation nichts wissen.

«Und nun hoffst du, ihr heute Abend wieder zu begegnen, und denkst, dass sie dich ebenfalls sucht?»
Er schwieg. Ich wunderte mich über seine Wundergläubigkeit. Wir bestellten zwei weitere Pils. Wir waren die einzigen Gäste im Speisewagen, die Kellnerin stand gelangweilt an der Theke. Der Zug fuhr in Frankfurt ein, auch hier hatte es kaum Reisende. Die meisten Menschen sassen unter dem Tannenbaum, sangen «Oh du fröhliche» und packten Spielwaren, Ohrringe, Kaffeemaschinen, Polstergruppen oder Kühltruhen aus.

Plötzlich hörten wir von der Türe her ein Poltern. Ein Sankt Nikolaus in Vollmontur mit weissem Bart und rotem Mantel bahnte sich den Weg in den Speisewagen, hinter sich her zog er seinen Esel. Das scheint in deutschen Zügen üblich zu sein. Die Kellnerin jedenfalls zuckte nicht mit der Wimper, als er drei Flaschen «Moët et Chandon», drei Gläser und einen Eimer verlangte. Er öffnete zwei Flaschen, leerte ihren Inhalt in den Eimer und stellte diesen dem Esel hin, der die schäumende Flüssigkeit ohne zu zögern und laut schlürfend zu saufen begann. Mit dem Rest seiner Bestellung kam Sankt Nikolaus an unseren Tisch. Er stellte die Gläser ab, liess den letzten Korken in hohem Bogen durch den Speisewagen fliegen und bemerkte, während er die Gläser füllte: «Schliesslich ist heute Heiligabend.»

«Prosit!» sagten wir und bedankten uns. Wir wollten wissen, weshalb er am 24. Dezember unterwegs sei, soviel uns bekannt sei, sei der 6. auch in Deutschland der Tag des Nikolaus. Ob sie hier jetzt ebenfalls die amerikanischen Bräuche eingeführt hätten, mit «Jingle Bells», «Valentinstag», «Hallo Wien» und so? Davon halte er nichts, sagte Sankt Nikolaus. Aber das mit dem 6. sei eben nicht mehr so toll. «Ich kann den Kindern keine Freude mehr machen mit Lebkuchen und Nüssen, die wollen Games, Boards and Barbies.» Da könne er nicht mithalten. Deshalb habe er datummässig umgestellt. Er mache jetzt jene Leute ausfindig, die nicht schon wunschlos glücklich seien, und die finde man am besten an Heiligabend auf den Bahnhöfen und in den Zügen. Hier könne er noch echte Wünsche erfüllen. Beim zweiten Glas wollte Mättu wissen, wie er die Begehren dieser Leute denn herausfinde. Sankt Nikolaus fixierte ihn mit seinen listigen Äuglein und sagte, dass er sie ihnen von den Augen ablese.

«So, und nun bitte ich für einen Augenblick um Entschuldigung, ich muss mal rasch.» Er stand ächzend auf und wankte zur Tür. Kaum war er verschwunden, stoppte der Zug abrupt mit einer Schnellbremsung. Ich wurde in den Sitz gedrückt, weil ich rückwärts fuhr, während Mättu beinahe über den Tisch auf mich gestürzt wäre. Die Champagnerflasche und die Gläser kamen tatsächlich geflogen. Plötzlich stand Sankt Nikolaus wieder vor uns. Mit einem triumphierenden Grinsen und einem Kopfnicken forderte er uns auf, durch das Fenster zu blicken. Für mich gab es da nichts Aufregendes, ein Regionalzug halt, der nebenan auf das Abfahrtssignal wartete. Wir waren in irgendeinem Provinzbahnhof zwischen Giessen und Kassel stecken geblieben. Doch Mättu sprang auf. Er packte seinen Mantel und die Tasche, rannte durch den Gang, öffnete die Wagentüre mit dem Nothahn und war im Handumdrehen im nächtlichen Schneegestöber verschwunden. Sankt Nikolaus verabschiedete sich und stapfte ohne Eile ebenfalls davon. Der Esel trippelte schwankend hinterher.

Verwirrt von diesem Treiben blieb ich einen Moment lang sitzen. Als ich Mättu folgen wollte, setzte sich der Zug schon wieder in Bewegung. Wie ein Filmstreifen zogen nebenan die leuchtenden Fenster des Regionalzugs vorbei, auch dieser war fast leer, nur eine blonde Frau sass verloren in einem Abteil und schaute verträumt zu unserem Zug herüber. Aber war das nicht Mättu, der durch den Mittelgang auf sie zustürmte? Ich hatte keine Zeit, um mich zu vergewissern, weil der Schaffner mich anherrschte: «Die Notbremse ist im Speisewagen gezogen worden. Sie sind hier der einzige Passagier. Waren Sie das?»
«Nein, es war der Sankt Nikolaus».
Es war die Wahrheit, aber sie kam nicht besonders gut an.

Ich stellte die leere Champagnerflasche auf den Tisch zurück, die Gläser waren teils zersplittert, teils unauffindbar unter die Sitze gerollt. Angesichts der anscheinend klaren Beweislage bezahlte ich die Busse. Mein Name steht nun irgendwo im Sündenregister der Deutschen Bahn AG.

Verärgert verliess ich in Kassel den Zug. «Frohe Weihnachten», sagte die Kellnerin, als ich an ihrer Theke vorüberging. Erst als der Zug davongerollt war, wurde mir bewusst, wie enorm anziehend sie war. Es ist paradox, dachte ich, während ich über den Bahnsteig gegen den Ausgang schritt: Am 24. Dezember bekommt man in Deutschlands Zügen Wünsche statt Geschenke. Doch vielleicht sind auch Wünsche Geschenke. «Wunschlos unglücklich», müsste es heissen, redete ich mir ein, während ich mitten in der Nacht am Bahnhof Kassel auf dem Fahrplan die nächste Verbindung Richtung Süden heraussuchte. Ich beschloss, nächstes Jahr am selben Tag um die nämliche Zeit den gleichen Zug zu nehmen.

Und Mättu? Ich wollte mir die Busse von ihm zurückerstatten lassen, schliesslich ist es um seinen Wunsch gegangen. Doch er hat sich nicht mehr blicken lassen, weder bei mir noch an der Arbeit. Er ist seit jener Winternacht verschollen. Ich habe mir überlegt, zur Polizei zu gehen. Nur, was soll ich dort erzählen? Dass er zusammen mit dem Sankt Nikolaus und dem stockbetrunkenen Esel irgendwo in der deutschen Prärie aus dem Zug gestiegen ist, um eine blonde Holde aufzusuchen, die er nicht kannte und die er nur einmal, während ein paar Sekunden, durch zwei Zugfenster und ein heftiges Schneetreiben hindurch erspäht hatte?

Mobil

Mein Zwillingsbruder Martin und ich verbrachten die halbe Kindheit am Strassenrand und zählten die vorbeifahrenden Autos. Auf den gusseisernen Entlüftungskaminen eines Wasserreservoirs der Gemeinde sitzend, spielten wir ein selbst erfundenes Spiel. Jeder setzte auf eine Automarke und addierte die vorbeifahrenden Exemplare. Es gewann, wer mit seiner Option am schnellsten auf zehn oder zwanzig kam. Zuerst wählten wir die häufigsten Marken, VW, Opel oder Renault, wobei wir unsere Lieblingsautos bevorzugten. Es war unzulässig, zweimal auf die gleiche Marke zu wetten. Über Fiat und Chevrolet kamen wir so zu selteneren Fabrikaten wie Daf, Saab oder DKW. Manchmal ging es auch darum, in einer vorgegebenen Zeit möglichst wenig Treffer zu verbuchen. Die Raritäten Vauxhall und Panhard waren in dieser Variante des Spiels unsere Favoriten.

Wir waren Fachleute im Autozählen. Einzelne Typen erkannten wir mit geschlossenen Augen am Motorenlärm. Die Volkswagen beispielsweise verursachten in der Steigung ein nagelndes Geräusch. Die Wankelmotoren des NSU klopften so stark, als würden sie im nächsten Moment auseinander bersten. Die französischen Motoren hatten eher etwas Säuselndes, mit Ausnahme der glucksenden Deux-Chevaux. Mit der Zeit tauchten erste japanische Modelle auf, die wegen der günstigen Preise und der eingebauten Radios Erfolg hatten: Vorboten der Globalisierung, über die sich damals höchstens die Importeure der klassischen Automarken Gedanken machten. Der Verkehr nahm zu.

Das Einfamilienhaus, in dem wir aufwuchsen, stand hinter einer kräftigen Buchenhecke unterhalb des Reservoirs am Westhang einer Anhöhe, auf der sich die Villen ausbreiteten. Am Anfang reichte die Landwirtschaftszone noch bis zu unserem Grundstück. Durch die Getreidefelder, die Wiesen und Kartoffeläcker floss zwischen Salweiden und Erlen der Bach, der unten in der Stadt in den Fluss mündet. Wenn wir genug hatten vom Autozählen, zogen wir uns an die Böschung seines Ufers zurück. Irgendwo stand eine rote Holzbank mit je zwei Latten für die Sitzfläche und die Lehne. Der Verkehrsverein hatte sie gestiftet.

Das Fernsehen kam auf. Die Kinder, die mit uns spielten, verschwanden am späteren Nachmittag in den Stuben, in denen die Wohnwände Einzug hielten. Unsere Eltern waren gegen das Fernsehen und weigerten sich, einen Apparat anzuschaffen. So blieben wir auf dem harten Eisen mit der Form von spitzigen Hüten sitzen, bis wir unsere Ärsche kaum noch spürten und uns die Mutter verärgert zum Abendessen rief. Am nächsten Tag konnten wir nicht mitreden, wenn unsere Spielgefährten mit den Sendungen auftrumpften, die sie gesehen hatten. Als wir einmal, Knaben und Mädchen gemischt und entblösst, am Bach das Doktorspiel spielten und dann verpfiffen wurden, bildete das den Anlass zu einem Skandal. Ohne Nachtessen und ohne Erklärung wurden wir ins Bett geschickt.

Gegen Autos waren die Eltern nicht. Die Hochzeitsreise hatten sie in einem Fiat Topolino unternommen, den mein Vater und seine neun Geschwister gemeinsam angeschafft hatten. Er hatte alle zwei Monate für ein paar Tage Anrecht auf den schwarzen Wagen. Später kaufte er ein eigenes Automobil, einen rundlichen Peugeot. Damit fuhren wir in die Ferien. Ich sass neben dem Bruder im engen Fond. Wir waren fast ebenso zusammengedrückt wie die Luftmatratzen und die feldgrünen Schlafsäcke, mit denen wir den Platz teilten. Im Kofferraum waren das Hauszelt und die Kühltruhe verstaut. Die Reise dauerte jedes Jahr länger. Zuerst verbrachten wir die Sommerferien am Murtensee, dann im Engadin und zuletzt an der Costa Brava.

Für die Fahrt nach Spanien besassen wir schon ein moderneres Automobil mit Heckflossen und grösserem Kofferraum. Es war noch eine kleine Schwester dazugekommen, die wir ununterbrochen unterhalten mussten, da sie sonst zu krächzen begann, was sie gegen das Ende der langen Fahrten aber trotz unserer Künste tat. Wir empfanden sie dann als lästiges und verräterisches Biest. Wir erreichten das Ziel zerstritten und gereizt, rissen die Autotüren auf, kaum war der Wagen auf dem Campingplatz zum Stillstand gekommen, und sprengten auseinander wie die Scherzartikel einer explodierenden Tischbombe.

Während dieser Jahre sassen Martin und ich auf den Entlüftungspilzen und zählten Autos. An einem schwülen Sommertag vertrieb uns ein überaus heftiges Gewitter von unseren Hochsitzen. Wir flohen vor den Blitzen, die den schwarzen Himmel aufschlitzten, nach Hause, hörten fasziniert und eingeschüchtert dem Knallen des Donners und dem Regen zu, der gegen die Fensterscheiben trommelte. Der Bach trat über das Ufer. Er überflutete die Felder, trug die Erde samt den Kartoffeln davon, drang unten in der Stadt in die Häuser ein, zerstörte den Maschinenpark einer Schokoladestengelfabrik und füllte die Keller mit Schlamm. Am nächsten Tag brachte die Zeitung das Ereignis mit Bildern der Verwüstungen.

Die Schulkinder halfen beim Aufräumen. Begeistert über die ungewöhnliche Aufgabe und den schulfreien Tag schaufelte unsere Klasse die Kellergewölbe des Gasthofs Ochsen frei, des besten Restaurants in der Stadt. Wir trugen die nassen Kartons und Büchsen mit der Bouillon, dem aufgequollenen Reis und der Ovomaltine ans Tageslicht. Agenten der Versicherung inspizierten in Stiefeln die Schäden und füllten fleissig Formulare aus. Einzig der Wein hatte die Flut überlebt. Das Wasser hatte aber die Etiketten von den Flaschen gespült. Der Wirt servierte sie dennoch weiter und forderte die Gäste auf, Herkunft und Jahrgang herauszufinden. Mit etwas Glück tranken die Kunden zu einem erschwinglichen Preis eine Kostbarkeit. Sie wussten es aber nicht sicher und mussten sich auf den eigenen Geschmack verlassen, was an den Tischen zu ausufernden Erörterungen und endlosen Disputen führte.

Einige Monate nach der Überschwemmung fuhren in den Feldern vor unserem Haus Bagger auf. Sie hoben entlang des Bachlaufs einen Graben aus, verlegten Betonröhren, in die sie das Wasser leiteten, und deckten sie mit Erde zu. Der Bach, das Gehölz und die rote Bank waren verschwunden, das Ufer eingeebnet. Nur in den Träumen erinnerte ich mich an ihn, wenn ich in der Nacht Durst hatte und gegen Morgen mit klebrigem Gaumen aufwachte. Unsere Eltern begannen, sich häufiger zu streiten.

Nachdem wir zum 10. Geburtstag endlich die ersten Fahrräder erhalten hatten, radelten Martin und ich in den Nachbarort. Wir standen am Bahnhof und schauten den Zügen zu, die beim Einfahren mit dem ohrenbetäubenden Quietschen der Gussklotzbremsen auf sich aufmerksam machten. Auf der anderen Seite der Gleise ragte, wie eine neuzeitliche Burg, das Getreidesilo der landwirtschaftlichen Genossenschaft in den Himmel. Ihr waren eine Tankstelle und ein Transportgeschäft angeschlossen. Hier roch es nach Dieselöl, Erde und Salz. Ein Camion mit einer Motorhaube in Schnauzenform fuhr vor. Die Männer an der Rampe luden Dünger für die Bauern in der Umgebung auf. Seit diesem Tag wollte Martin Lokomotivführer werden und ich Lastwagenchauffeur. Das Land, durch das einst der Bach floss, wurde in die Bauzone eingeteilt.

Wir haben uns den Kinderwunsch nicht erfüllt. Im Gegenteil: Ich besitze heute ein Generalabonnement der Bahn und steige in kein Strassenfahrzeug, mein Bruder hingegen, der Finanzchef in einer Versicherungsgesellschaft geworden ist, nimmt nie einen Zug. In seiner Garage stehen mehrere Sportwagen und Limousinen. Zur Beerdigung unseres Vaters fuhr er letzthin in einem dunkelgrauen Offroad-Fahrzeug von enormem Ausmass vor. Es ist zehnmal grösser als ein «Topolino», das Reserverad ist aussen an der Hecktüre aufgehängt wie eine Jagdtrophäe. Warum benötigt Martin so viel Platz, und weshalb ist er nicht Lokomotivführer geworden? How many roads will the man still build?

An den Abenden und bei Regenwetter verschlang ich Bilderbücher. Am liebsten mochte ich die *Geschichte vom lustigen Männlein*, einem Ritter und seinem Sohn, die in Afrika herumziehen, Krokodile aufspiessen, Löwen in die Flucht schlagen und nach getaner Arbeit vergnügt am Lagerfeuer sitzen. Mehr als einmal blätterte ich auch das Märchen von Frau Holle durch. Der Ziehbrunnen, durch den Goldmarie und Pechmarie in Frau Holles Garten sprangen, erinnerte mich an unser Reservoir. Ich versuchte herauszufinden, wie es in dessen Innern aussieht, wo in der Dunkelheit das Wasser eingeschlossen ist. Durch die Schlitze der Entlüftungshüte konnte man aber nicht nach unten blicken, sondern höchstens mit verrenkter Hand Kieselsteine fallen lassen. Mit dem Schmatzen eines trockenen Kusses schlugen sie auf die Wasseroberfläche. In der Bauzone vor unserem Haus entstand ein neues Quartier mit dem ersten Mietblock des Hügels. Er hatte zwei Eingänge mit vielen aneinander gereihten Briefkästen. Für den Briefträger war das praktisch.

Als ich mich vom Reservoir und von der Kindheit getrennt hatte und in die Hauptstadt ans Gymnasium pendelte, stellte ich fest, dass der Bahnhof unserer Stadt den Zugang in eine Welt öffnet, die mir neu und unbekannt vorkam. Durch dicke Holztore, die in der Nacht geschlossen wurden, traten die Reisenden in den Schalterhof. Es war ein hoher Raum mit der Würde einer Kathedrale, in dem die Passanten die eigenen Schritte hörten. Durch eine zweite Reihe von Schwenktoren erreichten sie die Gleise. Auch hier herrschte eine fast andächtige Ruhe. Das Hauptgebäude und die Schuppen schirmten die Perrons gegen das aufgeregte Leben im Ortszentrum ab.

Nur das harte Rollen der ankommenden und der abfahrenden Züge sowie scheppernde und kaum verständliche Lautsprecherdurchsagen unterbrachen die Stille für einen Moment. Zweimal pro Stunde donnerte ein Städteschnellzug vorbei. Die Lokomotive stiess jedes Mal einen Pfiff aus. Noch Minuten nachdem er verklungen war, läutete er in den Ohren und weckte das Fernweh der Passanten. Bei allen Durchfahrten trat, wie der Kuckuck einer Wanduhr, der Bahnhofvorstand mit der roten Uniformmütze aus seinem Glasverschlag. Er winkte dem Lokomotivführer kurz mit der Kelle, während seine Hosenstösse als Fahnen im Luftzug flatterten. Gleich darauf kehrte er zwischen die Schalthebelreihen des Stellwerks zurück.

Am Gymnasium galt es, die ersten heftigen Liebesschmerzen zu überwinden und weit kompliziertere Rechnungen zu lösen als auf dem Reservoir: Es ging um Hypotenusen und Hyperbeln, um Gleichungen mit mehreren Unbekannten, Differenzial- und Integralrechungen, deren Zweck und Logik ich längst vergessen habe, da ich sie in meinem Beruf als Lektor nicht benötige. Der Umgang mit den Abgründen der Liebe gehörte nicht zu den Lernzielen, obschon dieses Fach mir bis heute sehr nützlich wäre. Mehr als von der reinen Mathematik fühlte ich mich von den Regeln angezogen, die bei der Bahn gelten. Zunächst dachte ich, der Schienenverkehr sei mit der Kirche verwandt. Er läuft jeden Tag nach gleichen Ritualen ab, auf die die Reisenden kaum Einfluss haben. Sie legen ihr Heil in fremde Hände und lassen sich vertrauensvoll ans Ziel führen. Die Züge scheinen einer anonymen Macht zu gehorchen, deren Abgesandte die Kondukteure, die Schalterbeamten und die Lokomotivführer sind. Doch mit Religion und Glauben hat die Bahn nichts zu tun. Ihr System beruht allein auf Vernunft, Planung und Organisation. Alle Bewegungen sind zentral gesteuert. Sogar die kleinste Rangierlok muss die Genehmigung der Fahrdienstzentrale abwarten, die die Signale und Weichen stellt, bevor sie starten darf. Ein weiteres Prinzip der Bahn begann mich zu verblüffen: Ihre Waggons stehen allen zur Verfügung, die sie benutzen wollen. Die Reisenden brauchen nur den Fahrschein zu lösen, dann können sie einsteigen. Mit dem Generalabonnement hat man sogar das Recht, zu jeder Zeit jeden beliebigen Zug zu benützen, man benötigt dazu weder einen besonderen Anlass noch ein bestimmtes Ziel.

Seit ich die Grundsätze der Eisenbahn verstehe, durchschaue ich auch jene des Strassenverkehrs. Hier gelten vordergründig zwar die Verkehrsregeln, die man in den Fahrstunden lernt. Doch in Wirklichkeit gilt das Gesetz des Stärkeren. Die Strasse ist ein Kampfplatz, eine Ellbogengesellschaft, die ihr Revier unaufhaltsam ausdehnt. In der Kleinstadt, in der ich aufgewachsen bin, besteht der öffentliche Raum inzwischen fast nur noch aus Strassen für den Motorfahrzeugverkehr und aus Parkplätzen. Dennoch glauben die Automobilisten, zu wenig Platz zu haben. Sie sind meistens alleine in ihren Zellen und lassen keine fremden Leute einsteigen. Sie streiten um Parkfelder, um Fahrspuren, fordern Umfahrungsstrassen, neue Autobahnen und stellen ihre Fahrzeuge auf dem Trottoir ab. Der Autofahrer fühlt sich den Leuten überlegen, die zu Fuss oder mit dem Fahrrad unterwegs sind. Er bleibt sitzen, wenn er eine Auskunft haben will, und winkt die Passanten heran, die er zu befragen beabsichtigt, während er den Motor laufen lässt. Mit welchem Recht? Es ist das Recht der Besitzenden gegenüber den Besitzlosen, die dieses Rollenspiel mitmachen. Der Strassenverkehr bringt die Menschheit zurück in die Zeit des Feudalismus, der Kutschen. Er führt, von den meisten unbemerkt, das Untertanenverhältnis von Herren und Knechten, von Prinzessinnen und Marktweibern wieder ein. Das Automobil setzt die Ideale der Aufklärung und die Errungenschaften der Französischen Revolution ausser Kraft.

Das lasse ich mir nicht bieten. Ich bin oft unterwegs und für diese wichtige Zeit gehe ich keine Kompromisse ein. Wenn mich Bekannte oder Kollegen fragen, ob ich in ihrem Auto mitfahren möchte, schlage ich dieses Angebot immer aus und lade sie meinerseits ein, mich im Zug zu begleiten. Meistens bleibe ich dann alleine, aber das nehme ich in Kauf. Ich will in Fahrzeugen reisen, die ohne abrupte Bewegungen elegant durch die Landschaften und Städte gleiten, die weder an Hupkonzerten teilnehmen noch riskante Überholmanöver ausführen, die kein Gurtenobligatorium kennen und auch keine Parkbussen; ich verlange für die Reise Räume, in denen ich aufstehen, Manuskripte oder Bücher lesen, Fremde ansprechen und frei herumgehen kann, ich bestehe auf Sitzen, auf denen man nicht ins Schleudern kommt, selbst wenn es stürmt und schneit.

Mein Vater habe Humor gehabt, sagte der Pfarrer an der Beerdigung. Er habe gerne gelacht, aber am Ende habe er wegen seiner Krankheit nicht mehr viel zu lachen gehabt. Nach der Abdankung pilgerten wir von der Kirche zum Leichenmahl in den «Ochsen». Der alte Wirt stellte ein paar der Flaschen ohne Etikette auf, die wir vor Jahrzehnten aus dem Schlamm befreit hatten. Es war ein hervorragender Pinot Noir, ausgeglichen und schwer. Ich tippte auf einen Grand Cru von der Côte de Beaune. Ich sei immer noch der alte Träumer, spottete mein Bruder. Der Wein sei nichts Besonderes, der Wirt habe einfach die Etikette eines jüngeren und billigeren Jahrgangs abgewaschen und verkaufe die Flaschen nun als geheimnisvollen Überschwemmungswein. Ich kaufe dem Wirt auf der Stelle hundert Flaschen ab, entgegnete ich. Nach dem Tod meines Vaters verliess meine Mutter das zu grosse Einfamilienhaus mit dem nutzlosen Garten. Sie zog in den Wohnblock am ehemaligen Bach.

Martin, der mir gegenüber sass, erkundigte sich beim Leichenmahl, wie es mit meinen finanziellen Verhältnissen stehe und wollte wissen, wie ich mir das Alter vorstelle. Ohne private Vorsorge könne ich einen angemessenen Lebensstandard glatt vergessen. Ich habe mich noch nie für solche Fragen interessiert, hatte schon mehr als ein Glas Wein gekippt, begann mich zu nerven und suchte nach einer Antwort. Durch das Fenster der Gaststube erblickte ich hinter dem Lebhag die Limousinen der Trauergemeinde. Sie standen auf dem Parkplatz, auf dem früher die jährliche Viehschau stattgefunden hatte. Unbarmherzig und pietätlos erinnerten sie daran, dass die Atempause der Trauerfeier nicht zu lange dauern durfte und sich die Gäste schon bald in alle Himmelsrichtungen zerstreuen würden, weil wichtigere Pflichten riefen – da fiel mir die richtige Antwort ein. Wenn ich einmal alt und in Ermangelung einer «dritten Säule» in Geldnöten sei, so erwiderte ich, würde ich in eine billige Wohnung an einer stark befahrenen Bahnstrecke einziehen. Ich würde, den ganzen Tag lang am Fenster sitzend, die vorbeifahrenden Züge zählen. In der Nacht würde ich bei geöffnetem Fenster weiteraddieren, ich brauche schon heute kaum noch Schlaf und unterscheide die Zugsarten mit dem Ohr. Es würde nicht darum gehen, eine möglichst grosse Anzahl zu erreichen, ich müsste vielmehr jeden Tag auf die gleiche Menge kommen, auf 150 Güter- und 488 Personenzüge beispielsweise, sonst stimme etwas nicht, entweder mit der Bahn oder mit mir. Und eines Tages würde ich am Bahnhof einen dieser Züge besteigen, um mich zu vergewissern, dass es eine unbekannte und bessere Welt gibt, und nicht mehr zurückkehren. Mein Zwillingsbruder hob sein Glas und prostete mir zu. Es sei nicht so gemeint gewesen, sagte er, vielleicht komme er mich in meinem Alterssitz ab und zu besuchen, dann könnten wir gemeinsam Züge zählen und dabei die hundert Flaschen leeren.

Der rote Pfeil

Am Samstag schauten wir alle «Wetten dass» im Fernsehen: Ich, Mutter, Vater und Roli, mein Bruder. Es war ein bisschen langweilig. Als mein Vater einmal erwachte, fragte er: «Was machen wir eigentlich morgen den ganzen Tag?» Natürlich wollten alle etwas anderes tun. «Komm, wir fahren auf Thun ins Rollorama,» stürmte Roli, weil er ein neues Rollbrett hat. Ich wollte lieber auf Basel zu den Menschenaffen und den Eisbeeren im Zoo. Mein Vater wollte das Krokodil und den roten Pfeil im Verkehrshaus Luzern besuchen.

Mutter war gegen alles. Sie war dafür, dass wir daheim bleiben. «Ich koche etwas Feines», versprach sie. Zuerst so einen Tagliateller und dann vielleicht Gulasch mit Oberschienen und zum Dessert Zuckerrüben mit Rahmschnitzel. Am Schluss fanden wir heraus, dass wir lieber ins Tessin fahren, weil dort geiles Wetter war. Bei uns war es zwar auch schön und wolkenlos. Aber im Dessin sei es immer noch schöner, sagte mein Vater. Und wenn es regne, dann wenigstens warm.

«Dann nehmen wir den Zug», befahl meine Mutter. Das passte ihrem Mann überhaupt nicht.
«Mit dem Zug sind wir erst in vierzehn Tagen dort», brummte er.
Meine Mutter glaubte das nicht: «Mit dem Auto bleiben wir nur im Stau stecken, da sind wir sogar mit der Bahn schneller».

Sie schauten einander wütend an und überhaupt nicht mehr Fernsehen. Wenigstens schlief Vater nicht mehr ein. Plötzlich kam ihm eine Idee: «Wir können ja wetten, wer schneller ist. Du fährst mit Zora mit dem Zug, ich nehme das Auto und Roli.» Zora bin ich. Mutter war immer noch verrückt. Sie sagte, dass wir nicht einmal mehr zusammen reisen können. Doch am Schluss war sie auch zu haben für die Wette.

Wir mussten früh ins Bett und sahen nicht, ob der Tüpp im Fernsehen alle Schuhnummern der Tausend besten Tennisspielerinnen auswendig konnte. Unsere Wette war sowieso besser. «Wer zuerst in Lukarno bei der Schiffsländte steht, hat gewonnen», machte Vater ab. «Die Sieger dürfen wählen, was wir am übernächsten Sonntag machen. Die Verliererinnen müssen ein Mittagessen springen lassen.»
«Wir gewinnen auf alle Felle», sprach meine Mutter. Mein Vater sprach das Gegenteil. Sie bekamen wieder rote Köpfe und gingen fast die Wände hoch. Dann wurden sie müde und gingen lieber über die Treppe ins Schlafzimmer hoch.

Schon um sieben Uhr rannten alle Vier miteinander durch die Haustür. Vater und Roli sprangen in die Tiefgarage, Mutter und ich in den Speisewagen. Am megakomplizierten See nach Luzern erzählte mir Mutter das Leben von Wilhelmtel, der früher einmal hier in der Nähe gewohnt hat, als es noch weniger Häuser gab. Einmal ist er vom Schiff aus auf die Tellsplatte gesprungen, weil er lieber nach Hause wanderte als ins Gefängnis, und einmal hat er den Gessler erschossen, mit der Armbrust und dem roten Pfeil, der jetzt im Verkehrshaus Luzern ausgestellt ist, bei den Flugzeugen (der rote Pfeil, nicht der Gessler). Das war ziemlich krass und passierte in der Hohlengasse. Seither sind wir frei.

Die Hohlengasse sieht man vom Zug aus nicht. Dafür sieht man die Autobahn gut. Plötzlich entdeckten wir unser Auto. Vater und Roli waren in der Kolonne eingeklemmt und nicht besonders frei. Wir sahen sie dreimal, zuerst gegenüber, dann von oben und am Schluss von ganz oben. «Das ist wegen den Kehrtunnels», erklärte mir meine Mutter. «Die Kehrtunnels sind eigentlich gebaut worden, damit man die Kirche von Wassen dreimal sieht und nicht unseren Karren», sagte sie, glaube ich.

Auf der anderen Seite des Gottharz regnete es. Wir entdeckten das Auto nicht mehr. «Jetzt gewinnen wir sicher», rief ich. Aber als wir am Lido ankamen, standen Roli und mein Vater schon dort ohne Schirm im warmen Regen. Sie sahen nicht gerade fröhlich aus, obschon sie gesiegt hatten.
«Wie habt ihr das nur gemacht, wir haben euch doch überholt?», fragten wir.
«Wir sind im Tessin ein bisschen schnell Gefahren», antwortete Vater.
«Ein bisschen zu schnell», brüllte Roli, «Vater hat keinen Fahrausweis mehr.»
«Wie seid ihr denn nach Lukarno gekommen?», wollte ich wissen.
Roli krähte: «Die netten Polizisten haben uns auf den Bahnhof gebracht, in Bellinzona. Wir haben den gleichen Zug genommen wie ihr. Dann sind wir zum See gerannt und haben gewonnen!»
Jetzt fiel Mutter Vater um den Hals und erwürgte ihn fast vor Freude.
«Wieso hast du einen so guten Laun?» fragte er, «ihr habt doch verloren.»
«Die Wette schon, aber den Preis haben wir gewonnen», antwortete Mutter.

«Warum?», wollte Vater wissen.

«Was möchtest du denn am nächsten Wiekend unterneh-men?»

«Also, am liebsten bleibe ich zuhause», sagte Vater, aber nur weil er keinen Fahrausweis mehr hatte.

«Und ich koche etwas Feines», versprach Mutter. Sie freute sich, dass wir alle miteinander heimfahren konnten und sang den Tessiner Ländler «aveva gnocchi neri, neri, neri». Vater schwieg. Wahrscheinlich hatte er Hunger.

Disnelend

Ich habe früher immer geschtürmt wegen dem Disneiländ. Mein Papi hat mir gesagt, ich soll aufhören, immer zu stürrmen. «Aus dem Tizneländ wird nichts», hat er gesagt, «das habe ich Dir schon hundert mal gesagt.» Dann habe ich nicht mehr so viel geschtürmt. Aber das Dizne Land ging mir nicht aus dem Kopf. Aber mein Vater war dagegen. Er sagte, das sei ein amerikanischer Kabis und dann sagte er noch, das sei fiel zu teuer. Das sagte Mami auch. Und sie war auch so dagegen. Nur mein Bruder nicht, aber der ist viel zu klein und hat sowieso nichts zu sagen. Er heisst Oli. Er kann noch nicht einmal ohne Stützrädchen wehlölen.

Dann kam mein nönter Geburstag und Mami fragte mich: «Tamara, was wünschst Du Dir zum nönten Geburztag?». Sie hat gedacht, dass ich das Disnäylan schon lange vergessen habe. Aber ich habe schon alles und ein Barbi und einen Verköiferliladen. Und da habe ich gesagt: «Ich möchte ins Disneiländ». Ich habe es ganz nett gesagt und lächelte. Aber Mami klebte nachher fast an der Deckc oben. Dann kam Papi heim. Und er bekam einen ganz roten Kopf und klebte mir eine nur weil Mami ihm gesagt hat, dass ich ihr gesagt habe, was ich zum nönten Geburstag wollte. Dabei wollte ich es schon lange nicht mehr. Oli hat nichts gesagt und er weinte auch.

Nacher haben sie sich wieder beruhigt. Nur Papi rauchte immer noch vor Wut. Er hat gesagt, man müsse fürs Disnelend gar nicht nach Paris fahren. Die ganze Schweiz sei eines und da müsse man keinen Eintritt zahlen. Dann hat er noch geflucht und gesagt, dass sie jetzt in Grindelwald auf der ganzen Schipiste Musik loslassen wollen, das sei ja schlimmer als im richtigen Disneinländ. Vor allem wenn sie Älplermusig loslassen aus den Lautsprechern. Nachher habe ich gesagt: «Aber der Schilift kostet ja auch». Dann hat er geschwiegen.

Später hat Mami gesagt: «Wir können doch für den Geburztag ins Alpamare statt ins Disnelend». Das fanden alle eine super Idee. Aber dem Vater hat auch das nicht gepasst. Er hat auf der ganzen Fahrt gebrummt. Er hat gesagt: «Früher haben die Jungen in Züri die Schaufenster eingeschlagen und die Autos angezündet». Damals war ich noch hinter dem Mond. Wenn sie in Züri Steine in die Läden geschossen haben, sagte mein Vater, haben sie auch noch gerade auf die Wände geschprait, dass man die Alpen abschaffen soll, weil sie das Mittelmeer von Züri aus sehen wollten. Das habe man dann nicht gemacht, dafür habe man am Zürisee das Alpamare gebaut. In Pfeffikorn. Das ist Latein und heisst Alpenmeer. Ich kann kein Latein und verstehe es nicht so genau. Aber in der Geografie hat der Lehrer gesagt, in der Schweiz fliesst kein Meer, ganz besonders in den Alpen nicht.

Im Alpamare war es mega. Sogar Papi hat es am Schluss gefallen. Zum Glück haben wir sofort einen Parkplaz gefunden, sonst wäre er wieder total ausgeflippt. Aber es hat einen schönen grossen Parkplaz direkt neben der Autobahn. Wenn man hineingeht ins Alpamare, hat es schöne schrege Dächer aus Schilf, wie bei den Negern in Afrika hat Mami gesagt. Bei der Kasse sieht es wieder mehr aus wie beim Schilift in Grindelwald. Für das Geld, das man abliefert, darf man vier Stunden drin bleiben. Eine brauchten wir, bis wir die Badehosen

74

angezogen hatten und endlich merkten, wie man zum Bassin kommt. Papi war wieder am verzweifeln. Er hat gesagt, sogar im Maislabirind auf dem Bauernhof ist es einfacher und erst noch viel günstiger.

Aber im Wasser war es dann lustig. Zuerst mussten wir eine Viertelstunde warten, bis sie die Wellen einschalteten. Dann war es wirklich wie im Meer. Nur ohne Salz und Highfische. Man kann sogar hinausgehen neben die Autobahn an die frische Luft und wieder hinein. Das Wasser ist auch im Winter warm genug. Es dampft und kocht fast ein Pisschen. Das ist fast noch besser als im Meer. Am Rand hat es ein Sprudelbad, wo man sitzen kann wie in einer Badwanne. Aber es hatte ziemlich viele Leute, die sitzen wollten und wir konnten nicht absitzen, sonst hätte es nicht mehr für die Rutschbahn gelangt. Sie war das geilste von allem. Zuerst quietschte ich vor Angst. Für Oli war es viel zu gefährlich. Mami musste auf ihn aufpassen. Papi kam mit mir auf die Rutschbahn. Sie ist hennalang und man kann sich gut ausruhen. Vor allem beim Warten in der langen Schlange. Papi sagte: «Für das Anstehen bin ich nicht extra hergefahren und habe fünfzig Hämmer bezahlt. Das kann ich in Grindelwald am Schilift auch.» Zum Glück ist das Kinderbillje billiger. Deshalb machte mir das Anstehen weniger aus. Bei der Rutschbahn hat es so etwas wie Verkehrsampeln. Man muss warten, bis das Licht grün wird, damit es keinen Unfall gibt.

Dann sind wir noch ins Reschtaurand gegangen. Ich bekam eine Glaze weil ich Geburstag hatte. Und Oli bekam auch eine, weil ich Geburi hatte. Wenn Oli Geburi hat, bekomme ich dafür dann auch eine und er auch. Er hat im Sommer, ich im Winter. In der Beiz hat es so lustige orange Stühle aus Plastick. Sie sind an einer Stange angemacht und man kann sie drehen wie eine Türe. Aber nur so, dass man einander nicht sieht, wenn man nebeneinander sitzt. So muss man nichz reden, ohne sich zu schämen und kann den Leuten im Wasser zuschauen. Oder den Autos, die auf der Autobahn vorbeifahren. Papi und Mami sassen nebenainander und Oli und ich auch. Papi nahm ein Bier und Mami sagte: «Pass auf deinen Bauch auf». Aber er hat es, glaub ich nicht gehört, weil sie mit dem Rücken zueinander sassen und Mami hinten keinen Mund hat und Papi keine Ohren. Er hätte sowieso gescheiter auf den Ellbogen aufgepasst, als auf den Bauch. Weil sich der Stuhl drehte und er mit dem Ellbogen das Glas verschlug. Auf dem ganzen Tisch sah es nachher ganz ähnlich aus wie im Sprudelbad. Auch am Boden.

Dann ist er in die Sauna gegangen. Mami wollte ins Solarium und ich bin mit Oli noch einmal ins Wellenbad. Er hat jedes Mal fiel Wasser geschluckt und gehustet, wenn eine Welle kam. Aber es machte nichts, das Wasser ist sauber und ohne Bakterien und Fusspilze und er hatte sowieso Dursd von der Glaze. Am Schluss waren wir ganz entspannt. Es waren schon fast mehr als vier Stunden vorbei, als wir in die Kabinen gingen. Aber wir haben trotzdem noch die Kleider angezogen und die Schuhe und am Schluss sogar noch eine Dusche genommen. Als wir wieder draussen unter den Negerdächern waren, sang Mami «Oh Mai eilend in dö Sön» von Härri Dellaponte. Papi legte ihr den Arm um den Rücken und gab ihr ein Müntschi. Alle waren zufrieden. Es war fast wie manchmal in den Ferien. Bis ich dann auf der Autobahn gesagt habe: «An meinem zehnten Geburztag will ich aber dann ins Disnelend.»

Verlangenthal

Ich vertrete dezidiert die Auffassung, dass Arbeiten keine Strafe sein soll, sondern Freude bereiten muss. «Im Schweisse deines Angesichts sollst du dein Brot essen», sprach Gott zu Adam, als er ihn und Eva nach dem Sündenfall aus dem Paradies wies. Es steht aber in der Bibel nirgends geschrieben, dass man sein Brot mit Griesgram zu verdienen habe. Seit zwanzig Jahren unterrichte ich am Gymnasium unserer Internatsschule Geschichte. Mein Spezialgebiet ist die Ortsnamenskunde. Dadurch komme ich viel im Land herum, meistens reise ich nur geistig, aber ab und zu auch physisch. Zum Ausgleich baue ich in meiner Freizeit an einer Modelleisenbahn. Ich zähle mich zu den unabhängigen Akademikern, die sich nicht scheuen, selbst scheinbar in Stein gemeisselte Wahrheiten in Frage zu stellen. Nur so kommt man zu neuen Erkenntnissen, nur so gibt es Freiheit und Fortschritt, sei es in der Wissenschaft, der Politik oder in der Psychiatrie.

Ich habe in den letzten Jahren mit grossem Erfolg nach Irrtümern in der Ortsnamenskunde gesucht. Zusammen mit Elisabeth Lang aus Herzogenbuchsee, einer meiner besten ehemaligen Schülerinnen und jetzigen Deutschlehrerin, ist es gelungen, eine neue Theorie zu entwickeln. Sie wird die Fachwelt aufrütteln, wenn wir sie im nächsten Herbst in einem angesehenen Verlag veröffentlichen werden. Grosse Teile der Toponomastik und die damit eng verbundene Siedlungsgeschichte werden neu geschrieben werden müssen. Diese Revolution wird für immer mit unserer Publikation verbunden bleiben.

Angefangen hat es damit, dass ich auf der Karte nach Namen für die Stationen meiner Eisenbahnanlage suchte. Dabei stiess ich auf Signau im Emmental. Bisher hat man angenommen, dass der Name dieses Dorfes von einem Mann namens Sigifrid, Siguwin oder Sigiboto herkommt, dem Oberhaupt einer alemannischen Sippe, die sich im Frühmittelalter an der Emme niedergelassen haben soll. Das ist aber sehr unsicher. Niemand kann mit Bestimmtheit sagen, ob dieser Mann, von dem nicht einmal der Name wirklich feststeht, je gelebt hat und ob er an dem Land, das die Emme häufig überschwemmt haben muss, wie man von Gotthelf weiss, überhaupt interessiert gewesen wäre. Es gibt selbstverständlich keine Urkunde, die seine Existenz bezeugen würde. Die beiden Schlösser auf dem Hügel, das alte und das neue, die nur noch als Ruinen erhalten sind, sind keine Zeugen. Sie wurden erst Jahrhunderte nach der alemannischen Besiedlung gebaut.

Rosmarie und ich sind jetzt auf eine plausiblere Erklärung gestossen. Sie ist ein Lehrstück der mündlichen Geschichtsschreibung, der wir uns verpflichtet fühlen. Die Emmentaler sprechen, wie man weiss, alle Endungen auf «al» als «au» aus. Sie sagen nicht Wal sondern Wau und Sau statt Saal. Folglich sagt man für ein Signal in Signau Signau. Ein Kollege, ein Spezialist der Industriegeschichte, der jeden Zentimeter des Schienennetzes kennt, bestätigte uns, dass am westlichen Eingang zu diesem Ort einst ein besonders schönes Exemplar jener schlanken und weithin sichtbaren, mechanischen Formsignale stand, die an grosse Wegkreuze erinnern. Somit lässt es sich kaum mehr ernsthaft bestreiten, dass der Name Signau aus der Zeit des Eisenbahnbaus stammt.

Im Zuge der Modernisierung ihrer Signalanlagen haben die Schweizerischen Bundesbahnen im Jahr 1958 das mechanische durch ein elektrisches Signal ersetzt. Das alte steht jetzt im Garten eines Sammlers in Bowil, einem Industriellen, der sich nicht bewusst ist, dass er ein ausserordentlich bedeutendes Objekt besitzt. Es ist im Prinzip Signaus Taufurkunde. Ich nehme an, dass die Gemeinde es zurückkaufen und als Hauptexponat in ein noch zu schaffendes Heimatmuseum stellen wird, sobald unsere Forschungsresultate veröffentlicht sein werden. Ein anderer Umstand scheint mir übrigens erwähnenswert: Aus Signau stammt Christian Schenk, der die erste Dampfmaschine der Schweiz herstellte und damit die Voraussetzung für die Konstruktion von einheimischen Lokomotiven schuf.

Signau bildete den Ausgangspunkt für die wissenschaftliche Hauptthese, die Elisabeth und ich entwickelt haben. Kurz gesagt sind wir überzeugt, dass viele (aber natürlich nicht alle) Toponyme der Schweiz nicht wie bisher angenommen aus der keltischen, der gallo-römischen oder der alemannischen Epoche stammen, sondern aus der Pionierzeit der Eisenbahn. Wir verfügen über zahlreiche Beweise und Indizien, die unsere Theorie stützen.

Betrachten wir als Beispiel Langenthal etwas genauer! Die Experten glaubten bisher, dass sich dieser Name vom Flüsschen Langeten ableitet, das durch die Kleinstadt fliesst. Dieser Ansatz scheint zwar nahe liegend, aber er hält einer kritischen Prüfung nicht stand. Besonders irritierend scheint uns der Umstand, dass die Historiker es unterlassen haben, alle Möglichkeiten vorurteilsfrei zu untersuchen. Das ist ein grober Verstoss gegen die methodischen Regeln. So ist niemand der Frage nachgegangen, ob Langenthal die Kurzform von Verlangenthal sein könnte. Genau das trifft aber wahrscheinlich zu. Alte handschriftliche Dokumente belegen, dass die Centralbahn aus Spargründen in Langenthal nur einen Halt auf Verlangen vorgesehen hatte, als sie die Strecke von Olten nach Bern baute, bis der Gemeinderat einschritt und einen richtigen Bahnhof verlangte. Elisabeth und ich haben die umfangreiche Korrespondenz, die in dieser Angelegenheit geführt wurde, in einer bisher nicht ausgewerteten Sammlung im Kantonsarchiv entdeckt. Unsere Annahme ist auch deshalb plausibel, weil die Verkürzung um eine oder mehrere Silben ein Phänomen ist, das in der historischen Entwicklung der Ortsnamen sehr häufig beobachtet werden kann. Aus dem keltischen Eburodunum, um nur ein Beispiel zu nennen, wurde Yverdon, oder Iferten auf Deutsch.

Dadurch öffnet sich ein weites Feld für die Geschichtsforschung. Namen mit dem Stamm «Langen» oder auch «Lang» erscheinen dank unseren Erkenntnissen in einem neuen Licht. Oberlangenegg, Langendorf, Langnau oder noch deutlicher das deutsche Erlangen: Waren auch dort nur Halte auf Verlangen vorgesehen, oder existieren diese sogar heute noch? Wir werden diesen Fragen nachgehen.

Es gibt noch eine zweite, grössere Gruppe von Namen, für die sich eine Neuinterpretation aufdrängt. Es sind jene mit dem Stamm oder dem Suffix «Wil». Laut der offiziellen Lehre geht dieses auf «Villa» zurück, die römische Bezeichnung für Landgut. Ich halte das, vornehm ausgedrückt, für sehr gewagt. Die keltische Urbevölkerung sprach meist nur schlecht Lateinisch und hauste in einfachen Hütten. Weshalb hätte sie die Ortsbezeichnungen von ihren Beherrschern übernehmen sollen, den römischen Offizieren und Administratoren, die in prunkvollen Villen logierten und unter ihresgleichen verkehrten? Und wenn sie es dennoch tat: Weshalb sollten diese Namen lange Jahrhunderte, nachdem die Römer abgezogen sind, noch gelten in einer Zeit, in der die Einheimischen selber in reichhaltig ausgestatteten Häusern leben?

Alle diese Namen stammen unserer Auffassung nach nicht aus der Römerzeit, sondern sie haben ihre Wurzeln in den Schienenanlagen der Dampfzeit. Goethes Redewendung, wonach Namen Schall und Rauch sind, erhält durch diese Interpretation eine neue Dimension. Sie war gewissermassen prophetisch, da zu seiner Zeit die Eisenbahn noch nicht existierte. Die Silbe Wil kommt jedenfalls in Stationsnamen auffällig oft vor: In den Toponymen Wil, Benzenschwil, Rupperswil, Rapperswil, Villars-sur-Glâne, Flawil, Bowil, Thalwil und in vielen anderen. Wir haben uns gesagt, dass diese Häufung kein Zufall sein kann, und wieder half uns die mündliche Sprache weiter. Was tut man auf den Bahnhöfen? Man wartet auf den Zug, bleibt eine Weile stehen oder sitzen, man «verwylet es Bitzeli», wie man in der Mundart sagt. Uns ist klar geworden: Die Toponyme «Wil», aber auch «Weiler» haben viel mit verweilen, mit Weile und sicher auch mit Langeweile, aber nichts mit «Villa» zu tun. Nebst den schon erwähnten haben sich mit grosser Wahrscheinlichkeit auch die Namen von Willisau und Filisur aus solchen und ähnlichen Situationen herausgebildet.

Das Verweilen in den Bahnhofen und Wartsälen kenne ich aus eigener Erfahrung zur Genüge. Wenn ich für meine Forschungsarbeit eine längere Reise unternehme, begleitet mich häufig Elisabeth, die immer viel farbenfroher gekleidet ist als meine Wenigkeit, die sich nur in einer traurigen, schwarzen Robe zeigen darf. Meine Königin Elisabeth, wie ich sie manchmal im Scherz anspreche, ist übrigens eine sehr anziehende, sehr weibliche Person. Ich erwähne das, obschon es nicht direkt mit dem Thema zu tun hat und obwohl diese Bemerkung aus meiner Feder strengen Geistern deplaziert erscheinen mag. Aber ich richte mich in dieser Hinsicht nach einer alten benediktinischen Weisheit, die leicht abzuändern ich mir erlaube: Man soll Gott loben, indem man seine Geschöpfe lobt.

Wie gesagt bin ich ein kritischer Geist, auch gegenüber mir selber. In letzter Zeit habe ich immer stärkere Zweifel, ob meine Befunde in jeder Hinsicht zutreffen, und ob wirklich alle untersuchten Namen eisenbahnhistorischen Ursprungs sind. Vor allem Verlangenthal brachte mich ins Wanken, und zwar deshalb, weil das Städtchen neben Herzogenbuchsee liegt. Da in der Schweiz der Adel längst abgeschafft ist, und weil seine Vertreter, wie auch der Klerus, zuletzt nicht sehr beliebt waren, drängt es sich auf, die Herkunft dieses Ortsnamens eher mit «Herz» als mit «Herzog» zu erklären (in Signau beispielsweise haben aufgebrachte Bewohner das Schloss der verhassten Landvögte nach dem Einfall der Franzosen zerstört, um die Erinnerung an ihre Unterdrücker zu tilgen). Doch wenn «Herz» und «Verlangen» so nahe beieinander sind, ist eine schwierige und möglicherweise unerfüllte Liebesbeziehung, die einen fast oder sogar ganz um den Verstand bringt, meist nicht weit. Ich spreche da aus eigener Erfahrung.

Könnte es sein, so frage ich mich, dass die Namen von Herzogenbuchsee und Verlangenthal auf eine tragische amouröse Liaison zurückgehen? Vielleicht hatten die Beteiligten kein Geld oder kein Land für eine gemeinsame Zukunft? Vielleicht haben die Eltern das Paar getrennt, weil es aus unterschiedlichen sozialen Schichten stammte oder weil der Altersabstand zu gross war? Möglicherweise gab es auch eine geheime und verbotene Affäre zwischen einem Mädchen aus Herzogenbuchsee und einem Zisterzienser Pater aus dem Kloster St. Urban bei Verlangenthal, in dem seit 1873 eine psychiatrische Klinik eingerichtet ist, mit einer schönen barocken Bibliothek, in der ich am Nachmittag, wenn ich meine Zelle oder den Klassenraum verlasse, immer gerne an meinen Studien arbeite.

Weil es in solchen Fällen fast immer an Belegen fehlt, werden sich diese Fragen wohl nie ganz klären lassen. Sie zeigen aber, dass die Toponomastik alles andere als eine trockene Materie ist, wenn man überholte Lehrmeinungen und Tabus in Frage zu stellen wagt. Auch in dieser Beziehung pflichtet mir Elisabeth Lang bestimmt bei. Ich werde sie bei unserem nächsten Treffen in der Bibliothek darauf ansprechen. Wir werden unsere Arbeiten aufgrund der neuen Hypothese fortführen und ausdehnen können. Sollte dem Namen Verlangenthal wirklich, wie ich nun zu glauben geneigt bin, der heftige, unerfüllte und deshalb schmerzhafte Wunsch nach Liebe zugrunde liegen, dann gilt dies wahrscheinlich auch für die anderen Toponyme dieser Familie: für Verlangnau, Verlangendorf, Verlangenloh, Verlangis, Verlangrickenbach, Verlangwiesen, für Oberverlangenegg und viele andere. Der Ortsnamenskunde erschliesst sich hier ein noch jungfräuliches Forschungsgebiet. Die Erkenntnisse, die Elisabeth und ich daraus gewinnen, werden zu einem genaueren und viel differenzierteren Bild der Besiedlung des Landes beitragen.

Was meine Modelleisenbahn betrifft, habe ich alle Stationen nachgebaut, mit denen wir uns in unserer Publikation befassen. Die Anlage belegt schon den ganzen Weinkeller. Durch Tunnels, über Brücken und Viadukte ist sie in weitere Teile des Gewölbekellers vorgestossen, bis in die dunkelste Ecke, in der die alte Turmglocke aufbewahrt wird. In nächster Zeit werden die Schienen mit der Hilfe von Kehrtunnels und Wendeschlaufen das Erdgeschoss erreichen und dann die Bibliothek durchqueren. Bald werde ich die erste Station in meiner Zelle einweihen können, für die Abt Karl Ambros Glutz-Ruchti mir die Erlaubnis erst nach einer langen Bedenkzeit erteilt hat, und erst nachdem ich ihren Namen geändert habe. Ich wollte sie selbstverständlich Verlangenthal nennen, doch jetzt heisst sie eben Busswil.

Italienische Küche

Vor ein paar Jahren stieg ich auf Gleis zwölf in einen Regionalzug, der mich in meine Stadt zurückbringen sollte. Damals wurden die automatischen Aussentüren eingeführt, die sich durch Knopfdruck öffnen lassen und die nach einiger Zeit jeweils von selbst wieder schliessen. In solch einem Moment wollte eine Frau mit ihren zwei kleinen Töchtern den Zug betreten. Die Wagentür klappte elegant vor ihrer Nase zu. «Schaut», sagte sie verdutzt zum Nachwuchs, «das sind jetzt die automatischen Türen, die gehen automatisch zu, wenn man einsteigen will.»

Die Ernsthaftigkeit, mit der die Mutter ihre Theorie den staunenden Töchtern vortrug, brachte mich und meine Sitznachbarin zum Lachen. So kamen wir ins Gespräch. Von den Eisenbahntüren ausgehend erörterten wir andere Fragen, die sich beim Öffnen von Gegenständen des täglichen Gebrauchs ergeben.

Die Mitfahrerin, die sich als Stephanie Brandenberger vorstellte, befasste sich zunächst mit den Beuteln für Reibkäse. Die neuste Verpackung, erklärte sie, sei mit einem Klebestreifen ausgerüstet. Damit sollten sich die Säckchen leicht öffnen und wieder zukleben lassen wie ein Briefumschlag. Doch das sei ein Witz: «Die Klappe haftet nie, kleben bleibt nur der Reibkäse.»

«Ich ziehe Grana Padano in den alten Plastikbeuteln ohne Klebestreifen vor», erwiderte ich, «und verschliesse die angefangenen Packungen mit einer Wäscheklammer.»

«Dann brauchen Sie aber eine Schere, um den Beutel zu öffnen.»

«Selbstverständlich, die ist griffbereit. Ich habe sie vom Arbeitszimmer in die Küche gezügelt, wo ich auch die Wäscheklammern aufbewahre.»

Der Zug war losgefahren. Unser Gespräch kam ebenfalls in Fahrt. Ich vertrat nun die Meinung, dass die Schere das wichtigste Instrument in der modernen Küche sei, wichtiger als die Friteuse, die Bratpfanne, ja sogar wichtiger als die Espressomaschine. «Ohne Schere verhungert man glatt neben den in PVC und sonstige Materialien eingeschlossenen Lebensmitteln, und zwar bevor das Verfalldatum abgelaufen ist: das der Nahrung und das eigene.»

«Das wäre sehr schade», pflichtete mir Frau Brandenberger mit einem charmanten Augenaufschlag bei. Die Kombination aus Worten und Mimik löste bei mir ein Gefühl aus, als hätte ich eben im Final der Fussballweltmeisterschaft in der 29. Minute der Verlängerung mit einem Fallrückzieher das Golden Goal erzielt. Ich liess mir aber nichts anmerken und verzichtete, diskreter als die Fussballer, auf jeden Ausdruck des Jubels.

Nun vertraute sie mir an, dass auch sie gewisse Werkzeuge in die Küche verlagert habe. Angefangen habe das zu jener Zeit, in der die Milchflaschen mit dem versiegelten Plastikdeckel aufgekommen seien. Die Schlaufe, die zum Öffnen diene, sei jedes zweite Mal gerissen. Sie habe dann die Zähne zu Hilfe genommen. Doch davon sei sie wieder abgekommen, nachdem nebst der Schlaufe auch eine Schaufel abgebrochen sei und sie am Ende des Monats dem Zahnarzt eine Summe überweisen musste, mit der sie dreihundert Liter pasteurisierte Biomilch hätte erwerben können. Seither öffne sie die Milch mit der Flachzange, die sie zu diesem Zweck aus dem Bastelraum entfernt und zu den Suppenkellen gelegt habe. Etwas später habe die Schlagbohrmaschine einen Platz neben dem Mixer bekommen. «Ich hatte es satt, sie immer im Untergeschoss holen zu gehen, wenn es mir wieder einmal nicht gelang, eine Pelatidose mit dem Büchsenöffner zu knacken.» Um die Konservenbüchsen für die Öffnungsprozedur fixieren zu können, habe sie schliesslich auch die Hobelbank vom Keller in die Wohnküche gezügelt.

Nun war ich an der Reihe, ein Ereignis aus meinen kulinarischen Anfängen aufzutischen. «Es ging um zwei Lasagne, die ich in feuerfesten Hüllen erwarb. Leider war die Kochanweisung am Boden aufgeklebt. Für deren Lektüre waren deshalb artistische Verrenkungen nötig. Man darf die Schale ja nicht einfach stürzen, sonst klebt die ganze Masse innen an der Deckfolie – oder am Küchenboden, falls die Folie schon entfernt wurde, mit der Flachzange oder so. Irgendwie habe ich es aber geschafft: ‹Die Lasagne 20 bis 25 Minuten lang in den auf 220° vorgeheizten Backofen schieben›, war auf der Etikette nachzulesen. Ich habe den Backofen vorgeheizt und die beiden Lasagne – eine war für den Besuch – langsam während exakt 25 Minuten in den Backofen eingeschoben, Millimeter um Millimeter.»

«Die Mahlzeit fiel wohl nicht besonders knusprig aus», vermutete meine Gesprächspartnerin.
«Sie war lauwarm. Fortan liess ich die Finger von vorgefertigten Lasagnen. Bis vor einem Jahr, als ich in Eile war und nach

einem anstrengenden Tag wieder Besuch erwartete.»

«Und, wie schmeckte dieses Essen?»

«Bitter. Bitterer als ein Amaretto und viel weniger süss. Ich hatte den Inhalt der Backanweisung vergessen und wollte sie noch einmal konsultieren. Nun stellte ich es anders an: Ich befestigte den Packungsrand mit einer Schraubzwinge an der Sitzfläche eines Stuhls, nahm ein Kissen unter den Kopf und legte mich auf dem Rücken unter die Lasagne, die waagrecht über den Stuhl hinausragte wie ein Sprungbrett. So studierte ich von unten die Angaben. Dabei muss ich eingeschlafen sein. Als die Person, die zum Nachtessen eingeladen war, mich unter der kalten Fertiglasagne liegend antraf, hat sie für mich die Ambulanz gerufen und sich für immer aus dem Staub gemacht.»

Der Zug fuhr schon in unseren gemeinsamen Zielbahnhof ein, als mir Stephanie Brandenberger ein ähnliches Malheur gestand. Ihr Freund sei ausgezogen, nachdem sie ihm vorgeschlagen habe, die Küche in den Bastelraum im Keller zu verlegen, weil das einfacher sei als umgekehrt. Mein Bedauern über ihren Verlust hielt sich in Grenzen. Beim Aussteigen fragte ich, ob ich sie zum Nachtessen einladen dürfe, in ein italienisches Restaurant zum Beispiel: «Oh ja, sehr gerne», antwortete sie ohne zu zögern und fügte bei: «Den Espresso können wir dann vielleicht bei mir zu Hause zubereiten, falls Ihnen die Hobelbank nicht zu hart ist zum Sitzen.»

Gantenbein

Johannes Gantenbein, ein Bauer aus dem Toggenburg, ist enorm kräftig und ein grosser Schwinger vor dem Herrn. Mit seinen krausen Haaren und den breiten Schultern entspricht er dem Idealbild eines Naturburschen. Sein Aussehen hätte ihn zum Schürzenjäger machen können. Er ist aber keiner, und noch weniger ist er ein Angeber. Im Gegenteil: Gantenbein ist mindestens ebenso scheu wie stark. Ihn quälen manchmal gewaltige Selbstzweifel, wenn er sich ausserhalb des Sägemehlkreises aufhält, der den Schwingern als Kampfplatz dient. Ich glaube und hoffe, dass sich das jetzt etwas bessert unter dem Einfluss von Silvia, die er vor einigen Wochen kennen lernte.

Indirekt und ohne es zu beabsichtigen, habe ich ihm zu seinem Glück verholfen. Er hatte mich angerufen, um mir mitzuteilen, dass er ans Schwingfest in die Welschschweiz fahre, er könnte mir auf dem Weg dorthin vielleicht einen Besuch abstatten. Selbstverständlich nur dann, wenn ich einen kurzen Moment Zeit habe und es mir keine Umstände machen würde. «Oder hast du schon etwas anderes vor? Dann macht es auch nichts. Ich will mich auf keinen Fall aufdrängen.»

Ich sagte zu und riet ihm, den Zug zu nehmen. Es gebe dieses Spezialbillett für das Schwingfest, da sei die Bahnfahrt inbegriffen, nicht nur für die Zuschauer, sondern auch für die Aktiven. Gantenbein murmelte etwas von der Rückreise, die ihm Sorgen bereite, weil sie dann eventuell etwas kompliziert werden könnte. Die sei doch ebenso einfach wie der Hinweg, entgegnete ich. Und wenn er ein Bier oder zwei trinken möchte, was Gantenbein nach getaner Arbeit keineswegs verschmäht, sei er mit der Bahn viel besser dran. Das hat ihm eingeleuchtet. Gantenbein besuchte mich und fuhr noch am gleichen Tag mit dem Zug weiter ans Schwingfest an den Genfersee.

Am Sonntagabend rief er mich an: «Du hast mir etwas Schönes eingebrockt», sagte er, ohne zu grüssen.
«Weshalb?»
«Ich bin König geworden.»
«Gratuliere, was ist so schlimm daran?»
«Wie soll ich jetzt mit dem Muni und dem Zug nach Hause kommen?»
Daran hatte ich nicht gedacht. Aber ich gab mir keine Blösse, räusperte mich und ermahnte den verzagten Schwingerkönig, er solle sich nicht so anstellen, das sei doch überhaupt kein Problem. Es sei ja grundsätzlich erlaubt, Tiere in den Zug zu nehmen. Man treffe häufig Leute mit Hunden oder Katzen an, auch Hamster, Kanarienvögel und sogar Ratten würden mitgeführt. So viel mir bekannt sei, gebe es keine Vorschriften punkto Tiergattung, die SBB hätten eine Transportpflicht und seien gegenüber ihren Passagieren neutral. Er müsse einfach ein halbes Billett einfach lösen, weil ich annehme, dass das Muneli die Schulterhöhe von 35 Zentimetern übertreffe, unterhalb deren der Tiertransport gratis sei.
«So um die einsvierzig ist es schon», meldete Gantenbein.
Ja, dann komme es auch nicht in Frage, dass er das Säugetier unter dem Sitz oder in der Gepäckablage verstaue. Am besten warte er auf einen Doppelstock-Zug mit ebenem Einstieg, riet ich ihm. Im hintersten Wagen befinde sich ein Veloabteil

mit Eisenständern, dort habe es genügend Platz und könne er seine Prämie anbinden.

Einige Tage später erkundigte ich mich bei Gantenbein, ob alles gut gegangen sei. Tipptopp habe es geklappt, beruhigte er mich. Der Muni stehe jetzt im Stall neben den Kühen und habe sich in der Ostschweiz gut eingelebt. Gantenbein war gesprächiger als sonst.

«Gab es Zwischenfälle?», erkundigte ich mich aus reiner Neugierde.

Am Anfang sei es schon etwas schwierig gewesen. Als er in Nyon mit dem um den Hals gehängten Kranz und dem Muni über das Perron spaziert sei, habe ihn der Kondukteur zur Rede gestellt und wissen wollen, was er «avec cette vache» vorhabe. Er habe ihm entgegnet, sein Vieh sei keine Kuh, sondern «seulement un petit taureau» und dass er für diesen vorschriftsgemäss ein halbes Billett gelöst habe. Der Kondukteur habe nicht mehr eben viel gesagt und einfach die Fahrkarte entwertet, noch bevor der Zug abgefahren sei, erzählte Gantenbein. Er habe sich anschliessend während der ganzen Fahrt nicht mehr blicken lassen. Der Muni habe sich in den Wagen begeben, ohne Widerstand zu leisten. Er habe bloss die vielen Leute in den Abteilen etwas dumm angeschaut.

«Das war wohl gegenseitig», vermutete ich.

Das Veloabteil sei schon besetzt gewesen, berichtete Gantenbein weiter, wobei ein leicht vorwurfsvoller Tonfall nicht zu überhören war. «Wir sind deshalb in den nächsten Wagen eingestiegen. Es war der Ruhewagen, ein Nichtraucher.»

«Ich nehme an, dass das kein besonderes Problem war, oder raucht dein Muni etwa Stumpen?»

Gantenbein verneinte. Das Tier habe allerdings ein für Zugfahrende etwas ungewohntes Körperaroma. Das hätten die Mitreisenden ja noch hingenommen, aber irgendwo vor Romont, dort wo die Bahn an grünen Hügeln und Weiden vorbeifährt, habe das Rind zu brüllen angefangen. Eine junge Deutschschweizerin habe sich deswegen furchtbar aufgeregt und ihn zur Rede gestellt. Sie sei extra in den Ruhewagen gestiegen, um den Melodien der Natels und dem Plaudern der Telefonierenden auszuweichen, und nun dieses wahnsinnige Gebrüll!

Ihm sei es ja auch äusserst peinlich, habe er geantwortet, sagte mein Freund. Aber sie müsse bitte zu verstehen versuchen: Der Muni fahre zum ersten Mal in seinem Leben Zug und sei deshalb wohl etwas nervös. Er wisse leider nicht, wie er das Rind beruhigen solle. Dieses sei im Welschland aufgewachsen und reagiere nicht auf Deutschschweizer Beruhigungsformeln wie zum Beispiel ho, ho, ho.

Immerhin habe sich Silvia beruhigt und sich für das Tier mit den hübschen Locken zu interessieren begonnen. Es sei eine angenehme Zugfahrt geworden.

«Silvia?»

«Wir haben uns besser kennen gelernt.»

Silvia, so vermutete ich, interessierte sich nicht mehr allein für die Locken des Munis.

«Und an das Gebrüll hat sie sich gewöhnt?»

«Der Muni steht ja jetzt im Stall, dort kann er brüllen soviel er will.»

Einige Wochen später war ich zur Verlobung eingeladen. Silvia ist eine gute Partie. Seither mache ich im Fitnesscenter ein intensives Krafttraining. Ich habe meine Vorurteile gegenüber dem Schweizer Nationalsport abgelegt und mich beim Schwingklub angemeldet. Am nächsten «Kantonalen» will ich unbedingt den ersten Preis holen. Der Austragungsort ist allerdings etwas abgelegen, man erreicht ihn nur mit dem Postauto.

Vom Unterland

Vom Unterland aus gesehen, besteht das Oberland aus der Jungfrau und der Blüemlisalp. Im Unterland verwechselt man das Kandertal immer mit dem Simmental. Am Sonntag fährt man nach Adelboden und zu den Beatushöhlen. Vom Unterland aus geht man nach Heiligenschwendi oder Beatenberg, bis es einem wieder besser geht. Wenn es nicht mehr geht, kommt man via Heiligenschwendi in den Himmel. Im Unterland ist man erstaunt, dass es in Interlaken eine Drogenberatungsstelle braucht. In Bern ist man stolz auf die Jungfrau mit dem Schweizerkreuz. Es leuchtet so schön, hinter dem Münster, in der Abendsonne.
Im Oberland hat es viele Stündeler.

Im Unterland spricht man mit Respekt von der Eigernordwand. Vom Unterland aus will man rasch ins Oberland. Man nimmt die Autobahn. Manchmal herrscht ein Chaos. Im Unterland ist man froh, dass die Luft oben noch rein ist. Man fährt mit der Luftseilbahn auf den Gipfel. Man schaut im Winter aufs Nebelmeer und im Sommer auf den gelben Dunst über den Niederungen. Es hat Alpenrosen. Bern ist weit. In Bern liebt man die Aare aus dem Oberland. Im Mittelland braucht man den Strom aus dem Oberland.
Das Oberland ist teuer.

Im Flachland ist man glücklich, dass die Berge so nah sind. Im Oberland sind die Berge zu nah. Im Unterland kann man nicht glauben, dass das Oberland näher bei Italien liegt. Im Oberland hat es noch Schnee. Im Unterland hallt noch Albrecht Hallers Alpengedicht nach. Thun liegt im Unteroberland. Steffisburg gehört zum Oberunterland. Zürich ist der Mittelpunkt des Mittellandes.

Manchmal streicht man Gerberkäse aufs Brot.

Der Thunersee ist weniger tief als der Brienzersee. Früher waren sie ein See. Jetzt liegt Interlaken dazwischen. Wo liegt Unterseen? Interlaken ist römisch. Die Aare ist keltisch. Die Grimsel gehört den Kraftwerken. Die Kraftwerke gehören dem Kanton. Der Kanton gehört der SVP. Das Oberland gehört der SVP. Das ganze Land gehört der SVP. Nur die Stadt gehört der SP. In Thun hat man für die Schiessübungen der Artillerie einen Autobahntunnel gebaut. Jetzt ist die Armee abgezogen. Die Spitäler gehen zu. Die Gletscher schmelzen. Zum Glück gibt es noch das Freilichtmuseum und den Mystery Park. Zum Glück gibt es das Finsteraarhorn noch. Es wächst einen Zentimeter pro Jahrhundert.

Hoffentlich geht die Alpenfaltung weiter.

Auf dem Jungfraujoch ist es immer noch kalt. Im Bahnhof Thun gibt es noch ein Restaurant. Man bekommt dort frisches Bier. Die Hänger hingen früher im «Alpenrösli». In Interlaken gibt es ein Lokalradio mit dem Schneebericht. In Thun gibt es kein Lokalradio, dafür ein Heroinprogramm. In Grindelwald fährt man Ski und Auto. In Wengen fährt man nur Ski, im Unterland nur Auto. Im Unterland schaut man das Lauberhornrennen am Fernsehen. Im Oberland schaut man es am Bildschirm. Hiess die Schynige Platte schon so, als es dort noch keine Bahngleise gab?

Viele Ferienchalets aus den Sechzigern heissen «Erika» und «Mys Tröimli».

Die Blüemlisalp liegt auf dem Thunersee. Die Blüemlisalp ist ein schönes Schiff. Der Thunersee ist ein anmutiger See. Der Brienzersee ist wilder und trauriger und tiefer. Den Lauenensee kennt die ganze Schweiz. Vom Belpmoos aus kann man zu einem Alpenrundflug starten. Eine Stunde kostet 300 Franken. Es lohnt sich nur bei schönem Wetter. Vom Unterland aus lohnt sich das Oberland nur bei schönem Wetter. Was machen die Oberländer, wenn es regnet?

Was machen die Oberländer, wenn es nicht mehr schneit? Fahren die Oberländer auch mit der Blüemlisalp? Welches sind ihre Träume? Wer kennt die Oberländer im Unterland? Wer kennt sie im Oberland? Im Oberland heisst man Rufibach und von Allmen, auch Brawand und Boss. Nur wenige heissen Haller, aber viele Kaufmann. Grindelwald heisst so, weil es dort einst nichts als Fels und Wald gegeben hat. Das hat man uns in der Schule erzählt. Jetzt gibt es die Firstbahn und ein Hallenbad. Es hat immer noch viel Schatten. Auf der Grimsel hat es einen Kiosk.

Im Oberland gibt es viele fremde Gäste und Asylbewerber, die man Asylanten nennt. Die Fremden bedienen die fremden Gäste im Hotel. Die Gäste wohnen im Fremdenzimmer, die Angestellten manchmal im Asylantenheim. Im Unterland ist es ebenso. Im Unterland macht der Föhn Kopfweh. Im Unterland macht nicht nur der Föhn Kopfweh. Wenn der Föhn Kopfweh macht, sind die Berge nah. Man ist verblüfft, dass die Berge so nah sind und so hoch. Manchmal vergisst man sie. Manchmal glaubt man nicht an die Berge. Manchmal weiss man nicht, was man hat an den Bergen. Die Wintersaison war wieder einmal nicht so gut.

Die Alpen sind rohstoffarm. Deshalb sind die Leute so fleissig. Die Alpen liefern Strom. Auf den Alpen macht man

Käse. Auf der Alp ist man gesund. Die Alpen sind voller Kühe und voller Kuhdreck. Die Alpen sind voller Alpenkälber. Die Alpen sind majestätisch. Die Alpen sind gefährlich. In den Alpen funktioniert das Natel noch nicht überall.
Die Alpen sind ein Chaos.

Chantemerle

In Chantemerle gab es eine Hofstatt mit Berner Rosen, Gravensteinern und Zwetschgen zum Ablesen am Ende des Sommers. An den Mauern des Bauernhauses wuchsen an Spalierdrähten Mirabellen. Die Stalltüren sind oben gerundet. Sie haben eine schöne Steinfassung. Auf dem Hügel im Osten stand einst eine römische Villa mit Blick auf den Murtensee. Man hat die Überreste ausgegraben, bevor die Autobahn gebaut wurde. Im Bad kam ein Mosaik zum Vorschein. Der römische Offizier hatte Geschmack. Die Archäologen mussten sich beeilen. Es handelte sich um eine Notgrabung.
Chante merle, solange du noch kannst.

Auf den Hügeln vor Murten war anno 1476 Kanonendonner zu hören. Karl der Kühne beschoss die Stadt. Durch das Stadttor führt seit Jahrhunderten die alte Landstrasse. Für die vierte Landesausstellung baute der Kanton 1964 südlich von Murten eine Umfahrungsstrasse mit Lichtsignalanlagen. Im Süden der Umfahrungsstrasse führt jetzt eine Autobahn durch die Hügel. Auf der Autobahn umfahren die Automobilisten und Lastwagenfahrer die Umfahrungsstrasse. In Chantemerle herrschte am Abend Einkehr. «Es ist ein Paradies», sagte die Bäuerin, bevor die Autobahn kam. Sie zog die Mirabellen und las im Sommer die Früchte ab. Wenn sie die Kirschen pflückte, hatte sie blaue Hände und einen schönen blauen Mund.
Ab und zu heult die Sirene einer Ambulanz.

Bei Chantemerle hat man eine Galerie konstruiert, so gross wie am Sankt Gotthard. Ohne Unterbruch schiessen die Autos und Lastwagen durch die Galerie in den Hügel hinein. Auf der andern Fahrbahn schnellen die Motorfahrzeuge aus dem Tunnel durch die Galerie ins Freie. Sie fahren über die Hofstatt und durch die Wiese. Wenn sie nach Norden schauen, sehen die Autofahrer den Murtensee. Fünf Sekunden lang. Über die Hofstatt fahren Erdbeeren aus Andalusien und Hemden für den Detailhandel. Über die Autobahn rollen Betonröhren, Maschendrahtzäune und Fischstäbchen. Es ist verboten anzuhalten. Auch auf dem Pannenstreifen. Auf der Autobahn darf man nicht halten. Ausser im Notfall.
In Murten ist im Februar Fasnacht. Dann geht es lustig zu.

Das stolze Bauernhaus mit den Bogen über den Stalltüren passt architektonisch nicht zur Galerie. Die Proportionen stimmen nicht. Das Bauernhaus wirkt wie ein Chalet, das auf einem Hochhaus steht. Auf der Autobahn bringen die Lastwagen Bündnerfleisch aus Argentinien zum Trocknen ins Bündnerland. Sie bringen auch Zitronen aus Spanien. Die Autobahn bringt den Wohlstand ins Hinterland. Die Autobahn erfüllt die Gemeindepräsidenten und Landbesitzer mit Hoffnung. Die Autobahn schafft Arbeitsplätze. Sie steigert die Grundstückpreise. Es werden Einkaufszentren und Hotels gebaut. Die Parkplätze sind gratis. Dank der Autobahn schafft der zurückgebliebene Bezirk den Anschluss. Es gibt eine Raststätte mit einer Tankstelle. Die Bauindustrie blüht. Entlang der Autobahn entstehen blühende Landschaften. Die Autobahn kostete 55 Millionen Franken pro Kilometer. Auf die Umwelt hat man Rücksicht genommen.
Tu as chanté, merle, eh bien danse maintenant!

Man fährt auf der Autobahn an den Autosalon nach Genf. Dort sind die neusten Modelle zu sehen. An den Ständen verteilen Damen in kurzen Röcken Hochglanzprospekte. Es treten auch Künstler auf. Sie unterhalten die Besucher zwischen den Cabriolets und den Grossraumlimousinen. In Europa herrscht Meinungsfreiheit. In Europa herrscht der freie Verkehr der Waren, der Dienstleistungen, des Geldes und der Arbeitskräfte. Es gelten die Menschenrechte. Bei Chantemerle fahren die freien Waren und die freien Arbeitskräfte vorbei. In der römischen Arena von Avenches wird im Sommer eine Oper aufgeführt.

Über die Wiese rollen Blumen aus Holland. Wenn sie Glück haben, erblicken die Lastwagenchauffeure für fünf Sekunden den Murtensee. Chantemerle erblicken sie nicht. Chantermerle ist jetzt die Galerie. Wenn die Sonne scheint, lächelt der See. Auf der anderen Seeseite wächst am Wistenlacherberg Wein. Der Berg spiegelt sich im See. Hinter dem Berg bauen die Bäuerinnen mit Traktoren Gemüse an. Dann kommt der Kanal. Jenseits des Kanals stehen die Strafanstalten Witzwil und Bellechasse im Grossen Moos. Die meisten Häftlinge hatten mit Betäubungsmitteln zu tun. Hinter dem Grossen Moos liegt die nächste Autobahn. Hinter dieser Autobahn beginnt der Jura. Karl der Kühne verlor in Grandson den Mut und in Murten das Gut.

Unterhalb von Chantemerle dehnt sich eine Wohnsiedlung aus. Gegen Norden sieht man auf den Murtensee. Gegen Süden blickt man auf die Galerie. Die Einfamilienhäuser haben einen Rasen, auf dem ein Grill steht. Einige besitzen einen Swimmingpool ohne Mosaik. Es sieht friedlich aus. Am Samstagnachmittag mähen die Väter den Rasen. Sie sind Mitglieder

beim Touring Club und beim WWF. So fühlen sie sich sicher. Für die Ferien im Ausland haben sie einen Schutzbrief. Im Sommer riecht es am Abend zuerst nach Anzündpaste und dann nach Koteletts. Im Sommer singen die Amseln. Es wabert Grillduft durch die Luft. Am Grill und am frisch gemähten Rasen rasen die Touristen vorbei. Sie eilen in die Berge oder ans Meer zum Wandern und zur Erholung.
Vielleicht gibt es einmal eine Lärmschutzwand.

Auf der Autobahn reisen die Schweine und Kälber ins Schlachthaus. Der Transport kostet nicht viel. Die Chauffeure machen Überzeit. An jedem Autosalon hält ein Bundesrat eine Rede. Der Autosalon ist von nationalem Interesse. Es herrscht Friede im Land. Wir sind neutral. Bei uns gab es schon lange keinen Krieg mehr. Ein Mäusebussard kreist über der Autobahn. Sie verbindet die Deutschschweiz mit der Romandie. Man ist jetzt neun Minuten schneller am Autosalon in Genf und am Mittelmeer. Murten liegt an der Sprachgrenze. Die Autobahn liegt im Interesse des Landes. Für die Wirtschaft ist die Autobahn interessant. Chantemerle war nicht von nationalem Interesse. Das Paradies ist nicht von nationalem Interesse. Der Staat hat die Bauern für den Landverlust angemessen entschädigt. Einige erhielten Realersatz in einer anderen Landesgegend. Wer zieht jetzt die Mirabellen? Wo ist die Bäuerin mit den blauen Lippen?
Chante, Chantemerle, wenn du noch kannst!

In den Kirschen

Wenn ich tagsüber sehr intensiv einer aussergewöhnlichen Tätigkeit nachgehe, sehe ich die Bilder davon beim Einschlafen und im Traum wieder. Nachdem ich einst meterweise Fussleisten aus Eichenholz montiert hatte, träumte ich von Fussleisten aus Eichenholz. Am nächsten Morgen habe ich in Sigmund Freuds Traumdeutungen nach der tiefenpsychologischen Symbolik von Fussleisten gesucht, allerdings vergeblich. Da hat Freud etwas vergessen. Und als wir in Sibirien in den Ferien waren, um die Fauna der Tundra zu beobachten, frassen Wölfe die Schäfchen, die meine Frau und ich zum Einschlafen zählen wollten. Schaflos hatten wir schlaflose Nächte.

Heute war ich, wie stets im Juli, in den Kirschen. Als Arzt wählte ich dazu einen Donnerstag. Ich stand den ganzen Tag allein auf einer Leiter in der Hofstatt meiner Schwiegermutter und las das rote, schwarze und gelbe Beeren ab. Auch wenn ich bei meinem jährlichen Besuch nichts anderes mache: Mit meiner Schwiegermutter ist nicht gut Kirschen essen. Sie mag mich nicht und hat es mir nie verziehen, dass ich ihr die Lieblingstochter weggenommen habe. Ich füllte hundertmal den kleinen Weidekorb, den ich mit dem Ledergurt an der Hüfte festgeschnallt hatte, und schüttete den Inhalt in die grossen Körbe am Boden. Ich kletterte höher und höher, weil weiter oben noch verheissungsvollere Äste voller Kirschen winkten. Zwei bis fünf hingen zwischen den Blättern an einem Stiel. Am

Schluss waren alle Körbe randvoll. Zwischendurch stopfte ich mir so viele Beeren in den Mund, dass ich am Ende Bauchweh hatte.

Erschöpft machte ich mich auf die Heimreise. Ich verstaute meine zwei Kisten voller Früchte im Intercity – es handelte sich um jenen Fünfzigstel der Ernte, den mir die Schwiegermutter überlassen hatte, als Lohn für meine Fron – und schaute aus halb geschlossenen Augen den Mitreisenden zu. Im gegenüberliegenden Abteil sass eine bildhübsche Rothaarige. Sie telefonierte mit ihrem Handy und berichtete, dass sie gerade in Tecknau sei und bald ein Tunnel komme, der Empfang sei bereits nicht mehr so gut, aber wir können ja später noch einmal ... hallo? Hallo! Mist.

Das Natel ist schon eine tolle Erfindung, dachte ich. Es ermöglicht ganz neue Formen der Kommunikation und steigert die Produktivität enorm, weil man jetzt in all jenen Zeiten wichtige Telefonate erledigen kann, die man zuvor müssig verbringen musste. Ausserdem macht es die Menschen unabhängig. Ja, erst das Handy hat dem Freiheitsideal der Französischen Revolution endgültig zum Durchbruch verholfen. Denn während der Mensch vorher wegen des Kabels beim Telefonieren sozusagen wie ein Knecht an der Scholle klebte, hat er sich nunmehr dieser letzten Fessel entledigt. Meine Schwiegermutter beispielsweise rief mich heute von der Stube aus an, als das Zvieri bereit stand. Früher musste sie jeweils zum Fenster hinausrufen. Ich wäre übrigens beinahe abgestürzt, als mein Mobiles um punkt vier Uhr die Marseillaise spielte und ich es in Schwindel erregender Höhe mit beiden Händen aufklappen wollte.

Die Rothaarige ohne Empfang schmollte, wobei sie einen Mund wie eine Kirsche machte. Der Herr, der ihr gegenüber sass, versuchte ihr erfolglos zuzulächeln. Sie war damit beschäftigt, eine neue Verbindung herzustellen. Er vertiefte sich wieder in sein Buch mit dem Titel «Die 100 besten Früchtedesserts». Sein Hemd war mit Kirschen verziert.

Vis-à-vis von mir nahm ein neuer Fahrgast Platz. Er trug einen schwarzen Anzug, eine kirschrote Krawatte und eine dunkle, schwere Sporttasche, die er laut schnaubend auf die Gepäckablage wuchtete, wo sich auch meine Kirschen befanden. Sein Auftauchen kam mir eigenartig vor, denn der Zug hatte schon lange keinen Halt mehr gemacht. Verdächtig erschien mir auch der Umstand, dass der Mann problemlos im Tunnel mit seiner Chefin telefonieren konnte.

«Ja, Frau Zeller, ich habe neue Erkenntnisse im Fall des Arztes, der von der Leiter gestürzt ist. Jetzt hören Sie gut zu: Ich habe die Leiche geöffnet. Es war kein Unfall, da hat jemand nachgeholfen. Der Mann ist vergiftet worden. Mit Atropin, dem Gift der Tollkirsche. Die Täterin – ich vermute stark, dass es eine Frau war – wusste offenbar, dass der Arzt in die Bäume steigen würde. Sie sah voraus, dass er abstürzen würde, sobald das Gift seine Wirkung entfaltet hätte. Es geschah am späten Nachmittag, nachdem der Arzt bei seiner Schwiegermutter eine kleine Zwischenverpflegung eingenommen hatte. Der Mord sollte als Unfall erscheinen. Das war smart, aber nicht smart genug für mich. Wenn Sie wollen, komme ich gleich in der forensischen Abteilung vorbei mit dem Beweismaterial. Ich habe es bei mir im Zug. Ich musste es natürlich zersägen für den Transport. Übrigens: Mögen Sie Kirschen? Richtige, meine ich, keine Tollkirschen. Ich bringe Ihnen dann zwei Kisten voll mit.»

Ich fühlte mich immer unbehaglicher in der Gegenwart dieses Mannes, der mich mit einem wissenschaftlichen, kühlen Blick von oben bis unten musterte, als wäre ich eine seltene Frucht. Mein Bauchweh wurde unerträglich. Ich wandte mich dem Fenster zu, und nun bemerkte ich entsetzt, dass auf dem Tischchen blutrote Tropfen zerplatzten. Sie quollen aus einer Naht der Sporttasche hervor und fielen in rascher Folge herab. Er ist selber der Mörder, ging es mir durch den Kopf. Im gleichen Augenblick holte der Mann seine Tasche herunter und verschwand hastig, ohne zu grüssen.

Die Marseillaise erklang. Ich nahm ab, doch es meldete sich niemand. Es wurde hell, der Tunnel war zu Ende. Ich gähnte und öffnete die Augen, draussen flogen zuerst Kirschbäume und dann nur noch Strassen und Industrieanlagen vorbei. Doch meine Aufmerksamkeit galt dem Fenstertischchen. Dieses war von einer roten, klebrigen Flüssigkeit überschwemmt, die auch mein Hemd verspritzte. Wie in einer Tropfsteinhöhle tropfte es aus den zwei Kirschenkisten herunter. Die Schwiegermutter hatte sie nicht richtig abgedichtet. Ich startete eine Putzaktion. Die Frau im anderen Abteil amüsierte sich. Ich wollte ihr einige Früchte anbieten, doch sie sprach mit ihrem Handy, da sie nun wieder Verbindung hatte: «Wir sind gerade in Rothrist», sagte sie. Ich seufzte, weil ich wieder einmal einen Zug verpasst hatte. Eigentlich hätte ich in Olten umsteigen sollen.

Die Kartoffeln der Freiheit

Ich habe zuhause keine Friteuse, weil diese Geräte so viel Öl verbrauchen. Aber manchmal bin ich ganz versessen auf Pommes frites. Deshalb fuhr ich an diesem Freitagabend ins Cindy's Diner nach Oerlikon, mit der S-Bahn, ich habe auch kein Auto, weil diese Geräte so viel Öl verbrauchen. Ich sass vor meiner Portion Pommes frites, denen im Teller ein grosses Stück Steak, saignant, Gesellschaft leistete, sowie nebenan ein gemischter Salat mit französischer Sauce und, gleichfalls in Griffweite, ein Glas Rioja. Ich wollte gerade zustechen, als eine in ein enges, olivgrünes Deuxpièces gehüllte jüngere Frau strahlend auf mich und meinen Zweiertisch zustöckelte. Dieses Glück, so nahm ich an, hatte ich dem Umstand zu verdanken, dass die selbstbewusste Dame im Restaurant nach dem attraktivsten allein sitzenden Mann Ausschau gehalten hatte. Der Entscheid war ihr offenbar leicht gefallen.

«May I?», hörte ich sie fragen. Es war eine Amerikanerin! Darauf war ich angesichts ihrer geschmackvollen Garderobe und der dezent aufgetragenen Wimperntusche schlecht vorbereitet. Doch Vorurteile sind da um korrigiert zu werden, sagte ich mir, und so antwortete ich mit allem Charme, zu dem ich auf Englisch fähig bin: «Of course, my dear, and with great pleasure, my name is Moor, Roger Moor. Just call me Roschee.» Sie stellte sich als Clarissa vor und hatte sich für das Menu mit Ente, sweet and sour, entschieden. Die Restaurantkette führte damals gerade zwei chinesische Wochen durch.

Der Mensch isst, was er ist. Hätte ich doch nur daran gedacht, mir wäre im Verlauf des Abends einiges erspart geblieben! Englisch ist nicht wirklich meine Stärke, ich hatte an den schulfreien Nachmittagen immer viel Wichtigeres zu tun gehabt, als das Vocabulary zu büffeln. Ich musste Baumhütten erstellen, mit dem Pfeilbogen in den Kampf ziehen und Bäche umleiten. Dennoch plätscherte unsere Unterhaltung auf einem passablen Niveau dahin. Ich erzählte ihr von meinem harten und unregelmässigen Dienst als Assistenzarzt, dem kaum ein soziales Leben zugestanden werde und erfuhr, dass sie aus Ohio stamme, bei einer Informatikfirma angestellt sei, die für eine Zürcher Grossbank eine total neue Software entwickle. Wir versteckten, als wären es Osternester, Komplimente in unseren Diskurs. Während es draussen zu dunkeln begann, vernahm ich, dass Clarissa sich in der Schweiz einsam fühle, ja sogar von Heimweh geplagt sei. Deshalb habe sie sich für dieses Restaurant mit dem heimatlich klingenden Namen entschieden.

Es war der Moment gekommen, ihr mein Motiv für den Besuch zu verraten. Er hänge, so führte ich aus, mit den ungesunden, aber eben kaum zu bändigenden Gelüsten nach French Fries zusammen, deren Verzehr ich morgen bestimmt bereuen werde.

«French Fries? Die heissen jetzt Freedom Fries», wies Clarissa mich mit einer plötzlichen und unerwarteten aber echten Entrüstung zurecht, wobei sie sich im Stuhl zurücklehnte und ihre Augen zusammenkniff.

Ich hatte in der Zeitung über die Namensänderung gelesen. Doch bin ich eher rebellischer Natur und reagiere etwas empfindlich auf Vorschriften. So gab ich zu bedenken, dass der Geltungsbereich der Umtaufe des bei Kindern und Erwachsenen gleichermassen beliebten Kartoffelgerichts sich auf die Verpflegungsstätten im Capitol in Washington beschränke, über die das Repräsentantenhaus die Verfügungsgewalt ausübe, die offenbar die Details der Menükarte mit einschliesse. Die Schweiz hingegen sei in dieser Hinsicht noch souverän, das amerikanische Parlament sei unzuständig für die Bezeichnung der Lebensmittel in hiesigen Restaurants und Einkaufsläden, und deshalb habe ich in Oerlikon die Freiheit, die zunächst rohen und anschliessend in heissem Sonnenblumenöl bis zur Goldbräune gebackenen Gemüsestäbchen French Fries zu nennen und nicht Freedom Fries.

Diese Freiheit hatte ich aber nicht. Jedenfalls nicht, wenn ich Clarissa weiter gegenübersitzen wollte. Sie sei Patriotin, schmollte sie, deshalb wolle sie mit den verräterischen und undankbaren Franzosen nichts mehr zu tun haben. Falls ich mich dem nicht anschliesse, gehe sie an einen anderen Tisch, oder noch besser, müsste ich dislozieren: «Wenn du nicht mit mir einverstanden bist, bist du gegen mich.»

Jetzt hatte ich den Salat. Im Dilemma zwischen alpiner Standhaftigkeit und dem Wunsch nach charmanter Gesellschaft bot ich einen helvetischen Kompromiss an: «Ich werde das Wort French Fries in deiner geschätzten Anwesenheit nicht mehr in den Mund nehmen, kann mich aber auch nicht für die Freedom Fries erwärmen und werde in Zukunft einfach neutral von einem potatoe's dish reden.» Clarissa nahm den Vorschlag zähneknirschend hin.

Draussen war es definitiv Nacht, die aufdringlich blinkenden Leuchtreklamen warfen ihre farbigen Lichter durch die Fenster auf die Teller. Ich versuchte in diesem Ambiente, meiner Tischgenossin einige kulinargeschichtliche Hintergründe mit auf den Lebensweg zu geben. Ich klärte sie darüber auf, dass die in ihrem werten Heimatland ehemals gebräuchliche, nun aber verpönte Bezeichnung für die Kartoffeldinger auf einem Irrtum beruhe, denn das Rezept stamme, wie man bei Asterix und Obelix nachlesen könne, aus Belgien, einem kleinen Nachbarland im Norden jener weitaus grösseren Nation, die gemeinhin, aber eben fälschlicherweise als Vaterland der ihrer Schale und Augen entledigten, in feine längliche Quader geschnittenen und dann im Ölbad erhitzten gesalzenen Nachtschattengewächse gelte.

Gerne hätte ich ihr auch erklärt, dass sich die Franzosen über den neuen Namen heimlich freuen dürften, weil «french» damit, wenn auch unbeabsichtigt, zum Synonym für Freiheit werde, was historisch gesehen sogar zutreffe. Immerhin hätten wir im alten Europa die Ausbreitung der bürgerlichen Errungenschaften Liberté, Égalité, Fraternité, die ja auch in der Gründungszeit der USA eine gewisse Rolle gespielt hätten, zu einem schönen Teil der Französischen Revolution zu verdanken, wobei man damals bei der Liberté noch nicht in erster Linie an Pommes frites gedacht habe.

Doch dazu schwieg ich. Mein auf Small Talk und medizinische Fachausdrücke spezialisiertes Vokabular reichte nicht aus, um so anspruchsvolle Betrachtungen anzustellen. Auch wollte ich Clarissas empfindliche Stelle nicht zu sehr reizen. Mit dem Fortschreiten der Unterhaltung gelang es mir tatsächlich, den Wort- und Satzminen immer geschickter auszuweichen. Grosszügig bot ich ihr an, dass sie mir auch Rotscher sagen könne, wenn ihr das lieber sei als Roschee; ich erwähnte die Schweizer Kantone, die sich dazu entschieden hätten, den Schulkindern schon im zarten Alter Englisch statt Französisch beizubringen – die Existenz einer französichsprachigen Schweiz verschwieg ich in diesem Zusammenhang vorsichtshalber – und unterstrich lieber, dass mein Wein spanischer und von daher unverdächtiger Herkunft sei. Nach dem dritten oder vierten Glas Rioja (als Zugfahrender hatte ich ja die Freiheit, die Promillegrenze ungestraft zu überschreiten) war ich übermütig geworden. Die rebellische Ader meldete sich zurück, mich stach der Hafer, und so trat ich ins Fettnäpfchen. Ich fragte Clarissa mit einem zarten Hauch Ironie, ob sie ihren Salat eigentlich mit Italian oder mit French Dressing garniert habe. Im Bruchteil einer Sekunde schaltete sie von sweet auf sauer. Ihr eben noch verführerisches Lächeln erstarrte wie das der Sphinx, statt ihrer mit einem unaufdringlichen, aber wirkungsvollen blassen Rouge angemalten Lippen zeigte sie mir die Zähne, ergriff ihre Jacke, schulterte die ebenso echte wie teure Lederhandtasche und fauchte mich im Gehen an: «Es gibt keine French Dressing mehr auf dieser Welt, es gibt nur noch Freedom Dressing.»

Weg war sie und damit die Aussicht auf ein Wochenende zu zweit. Ich knabberte am letzten übriggebliebenen Pomme frite, das längst kalt, geschrumpft, hart und ebenso einsam war wie ich. Die aufkommende Reue über meinen Fauxpas verscheuchte ich mit der Einsicht, dass es spätestens bei der Bitte um einen French Kiss zum endgültigen Bruch mit Clarissa gekommen wäre. Angesichts der politischen Empfindlichkeiten sind transatlantische Gespräche selbst über so harmlose Dinge wie Nahrungsmittel und Zungenküsse zum Spiessrutenlaufen geworden. Ich tröstete mich mit dem Gedanken, dass die wahren Abenteuer ohnehin geistiger Natur sind. Freiheitskartoffeln? Freiheitssaucen? Freiheitsküsse? Es wäre ja schön, wenn man die Freiheiten einfach so herbeizitieren könnte.

Der lange Abschied

Ruth erzählte mir gestern eine Geschichte, die zwar unglaublich, aber wahr sei. Sie hat sie von ihrer Mutter, der sie ein Cousin zweiten Grades an der Beerdigung eines ledigen Onkels anvertraute. Dieser hatte die Geschehnisse, die ihn sehr beeindruckten, mehrmals und in unterschiedlichen Varianten zum Besten gegeben, nachdem er sie in jüngeren Jahren zufälligerweise mitbekommen hatte, als er eines Abends in einem Landgasthaus der Rede eines nur leicht angeheiterten Handelsreisenden aus der Ostschweiz zuhörte, der berichtete, ihm und seiner Frau, einer Österreicherin aus dem Burgenland, habe während einer langen, nächtlichen Zugreise quer durch die Niederungarische Tiefebene ein Schaffner der Staatsbahn, ein seriös wirkender Mann, die Ereignisse ungefähr folgendermassen geschildert.

Es war zu Beginn des Ersten Weltkriegs in Siebenbürgen, das damals zu Transleithanien, dem ungarischen Teil der Donau-Doppelmonarchie gehörte. Diese hatte den Bau der Eisenbahn auch in entlegene Gegenden vorangetrieben, nicht zuletzt aus politischen Gründen, nämlich um den Vielvölkerstaat zusammenzuhalten, was – wie wir heute wissen – nicht gelungen ist. Die Geschehnisse ereigneten sich auf einer dieser abgelegenen Strecken in den Karpaten, auf der es zu spuken begann und zwar, was selten vorkommt, regelmässig jede Nacht.

Angefangen hatte es damit, dass der Nachtzug nach Klausenburg, dem heutigen Cluj Napoca, um Mitternacht plötzlich bremste und dann stehen blieb. Es gab dort weder eine Station noch eine menschliche Siedlung, den Reisenden fiel nur ein markanter Kalkfels auf, der neben den Gleisen steil aufragte und den der Mondschein erhellte. Der Lokomotivführer und der Heizer stellten keinen technischen Defekt fest. Der Kessel und das Getriebe waren intakt, Kohlen und Wasser gab es auf dieser Strecke ausreichend, trotz der allgemein schwierigen Versorgungslage. Um ein Uhr früh fuhr der Zug plötzlich, wie von Geisterhand angetrieben, wieder los, als sei nichts gewesen.

Die Bahngesellschaft fand die wahre Ursache für den ungewollten Halt nie heraus, der sich fortan jede Nacht an der gleichen Stelle wiederholte. Die Klausenburger, an Unpünktlichkeiten gewöhnt, stellten sich rasch auf die Verspätung ein und begaben sich eine Stunde nach der fahrplanmässigen Ankunft zum Bahnhof, um Ihre Verwandten und Bekannten vom Nachtzug abzuholen. Das hatte den Vorteil, dass sie länger schlafen konnten und dennoch nicht zu spät kamen.

Eines Nachts geschah dann etwas, das allen Beteiligten in die Glieder gefahren sein muss. Nachdem der Zug um Punkt zwölf Uhr wieder auf offener Strecke angehalten hatte, tauchte im hintersten Waggon ein neuer Reisender auf, den niemand kannte und von dem später keiner genau sagen konnte, wie er ins Innere gelangt war. Jedenfalls hatten weder die Mitreisenden, die neben der Tür sassen, noch die beiden Schaffner oder der Lokomotivführer und der Heizer etwas gesehen oder gehört. Er war einfach plötzlich da. Der geheimnisvolle Mann, der eine zerrissene, blutverschmierte Infanteriesoldaten-Uniform der k.u.k. Armee trug, dazu ein Langgewehr mit aufgesetztem Bajonett und am Rücken einen Tornister, schritt schweigend durch den Gang und musterte alle Passagiere in den Abteilen genau, besonders die jüngeren Frauen in der dritten Klasse, die sich vor ihm fürchteten, obschon der Unbekannte keinen beängstigenden Eindruck machte. Sein Auftritt war vielmehr von einer abgrundtiefen Melancholie geprägt. Er führte seine eigenartige Inspektion ohne Hast in allen Waggons durch, als stehe ihm unendlich viel Zeit zur Verfügung. Als er schliesslich auf den Schaffner stiess, fragte ihn dieser nach dem Fahrausweis für die Angehörigen des Heeres. Der fremde Passagier schaute ihn lange und verständnislos an und stieg dann, ohne ein Wort des Abschieds zu sagen, aus, oder besser gesagt: Er verschwand ebenso unvermittelt wie er gekommen war, kurz bevor der Zug sich wieder stampfend in Bewegung setzte.

Der Unbekannte stieg auch in den folgenden Nächten immer um die gleiche Zeit und am gleichen Ort auf dieselbe Art ein, schritt durch den Zug, indem er die Passagiere nachdenklich anblickte, aber ohne mit ihnen Kontakt aufzunehmen, und verschwand beim Tender wieder. Nie sagte er ein Wort, und nie zeigte er dem Schaffner seinen Fahrausweis. Wozu auch? Während sich der Rätselhafte im Zug befand, bewegte sich dieser um keinen Meter vorwärts.

Die Leute suchten nach allen möglichen Erklärungen. In dieser abergläubischen Gegend war bald die Rede vom Geist eines verstorbenen Soldaten. Ein Zwischenfall mit einer jüngeren Frau namens Annette brachte nach einigen Wochen eine neue Wendung. Annette reiste in einer kühlen Herbstnacht mit dem geheimnisvollen Nachtzug. Als der Soldat in ihr Abteil blickte, stiess sie einen gellenden Schrei aus und fiel in Ohnmacht, berichteten später die Mitreisenden. Der Fremde habe noch lange vor ihrem Abteil gestanden und sich dann langsamer als sonst entfernt, aber wieder kein Wort gesagt. Annette sei erst zu sich gekommen, als der Zug schon losgefahren war. Sie kenne den Mann, habe sie erzählt, es sei der Verlobte ihrer Schwester Elisabeth. Er sei vor zwei Jahren in den Krieg gezogen. Als einer der ersten sei er bei der zweiten Schlacht von Lemberg in Galizien gefallen, eine Kugel habe ihn durchbohrt, jedenfalls habe die Armee seine Angehörigen dahingehend informiert. Es sei jedoch nicht gelungen, den Verletzten in Sicherheit zu bringen, und so sei er auf dem Schlachtfeld zurückgeblieben, auf dem seine Einheit eine Niederlage hinnehmen musste.

Als Annette ihrer Schwester von dem Erlebnis berichtete, glaubte diese ihr zunächst kein Wort. Doch Annette schilderte die Gestalt des Uniformierten so anschaulich, dass Elisabeth beschloss, sich selber an Ort und Stelle ein Bild zu machen. Sie fuhr nach Budapest und bestieg am nächsten Abend den Nachtzug nach Klausenburg.

Wieder hielt der Zug kreischend um Mitternacht beim weissen Felsen und noch einmal stieg der Soldat auf seine eigentümliche Art zu. Elisabeth erkannte ihn sofort, als er sich ihrem Abteil näherte. Unfähig sich zu regen, blieb sie auf der harten Holzbank wie angewurzelt sitzen. Wie zuvor die anderen Reisenden und ihre Schwester fixierte der Soldat nun Elisabeth stumm. Zum ersten Mal schien aber diesmal ein Anflug von Lächeln seine traurigen Züge aufzuhellen, nur für den Bruchteil einer Sekunde, so wie sich die glatte Oberfläche eines Teichs im ersten morgendlichen Windhauch kräuselt, dann hob er seine rechte Hand andeutungsweise, als ob er Elisabeth zuzuwinken versuchte. Jetzt erst reagierte sie. «István!» rief sie und griff nach seiner Hand. Doch im gleichen

Augenblick war der Verlobte verschwunden. Keiner hat ihn je wieder gesehen, und auch der Nachtzug fuhr von da an am Felsen vorbei, ohne stehen zu bleiben.

In Klausenburg erzählte man sich, dass der Soldat von seiner Geliebten habe Abschied nehmen wollen, und dass seine Seele erst nachdem dies gelungen sei, die ewige Ruhe gefunden habe und ins Reich der Toten eingetreten sei. Als man Elisabeth fragte, ob sie wisse, weshalb István sie ausgerechnet im Nachtzug gesucht habe, erzählte sie, sie habe ihren Verlobten damals nach Budapest begleitet, wo er in die Armee einrücken musste. Budapest, das sie zum ersten Mal besucht habe, sei voller Soldaten und Offiziere gewesen. Sie seien in ein für ihre Verhältnisse zu teures Kaffeehaus gegangen und danach am Ufer der Donau gesessen, die wegen der langen Trockenheit wenig Wasser führte, bis István gegen vier Uhr in die Kaserne einrücken musste. Um den Schmerz nicht zu vergrössern, hätten sie sich nur kurz verabschiedet und auch nicht zurückgeschaut, das hätten sie so miteinander vereinbart. Noch am gleichen Abend sei sie nach Klausenburg zurückgekehrt mit dem Zug, in welchem ihr zwei Jahre später der Geliebte erschienen sei.

Ihrer Schwester Annette gestand Elisabeth ein Detail, das nicht für die Öffentlichkeit bestimmt war. Sie habe István auf der gemeinsamen Fahrt nach Budapest zum ersten und, wie sich nur allzu schnell herausgestellt habe, auch zum letzten Mal richtig geküsst, vorher hätten sie dazu keine Gelegenheit gehabt. Beide hätten dabei die Zeit und den Grund der Reise vergessen, während der Zug durch die mondhelle Nacht glitt, ihrem Abschied entgegen.

«Und woher willst du wissen, dass diese Geschichte wahr ist?», fragte ich Ruth, nachdem sie geschlossen hatte. Die Geschehnisse seien verbürgt, antwortete sie, Annette sei die Mutter jenes Schaffners gewesen, der den Sachverhalt dem Handelsreisenden und seiner Frau weitergegeben habe. Ausserdem gebe es Geschichten, die zu schön seien, um nicht wahr zu sein. Ob ich auch keine Ruhe finden würde, wenn ich einst von ihr scheiden müsse, wollte Ruth wissen. Es war schon Mitternacht, mehr als auf solche Fragen hatte ich Lust auf einen langen Kuss. Der wurde mir auch gewährt, obwohl ich die Antwort schuldig geblieben war.

Die Lösung

Kürzlich schellte mitten in der Nacht, als ich längst schlief, das Telefon. Schon wieder so eine lusche Bude aus einem Steuerparadies, die mir per Fax zum Nachttarif irgendeinen überflüssigen Schund andrehen will, an dem ich nicht das geringste Interesse habe, war mein durch entsprechende Vorkommnisse konditionierter erster Gedanke. Im Bruchteil einer Sekunde war ich auf hundert. Ich nahm ab, um das Läuten zu unterbrechen, und wollte den Hörer gleich wieder auf das Gehäuse brettern. Doch statt des erwarteten schrillen Pfeifens erreichte mich eine freundliche und etwas aufgeregte Stimme: «Hallo, hier ist Sibylle, schreiben Sie für dieses Heftli, das in den Zügen hängt?» Ich atmete tief durch und antwortete höflich, aber bestimmt: «Also wenn Sie das Magazin «Via» meinen, die Zeitschrift der Schweizerischen Bundesbahnen, dann sind sie hier richtig.»

Ja, genau dieses Heftli habe sie gemeint, insistierte Sibylle offensichtlich erfreut. Wieder war ich auf hundert. Was sie mir denn so Wichtiges mitzuteilen habe, um mich zu dieser vorgerückten Stunde zu behelligen, wollte ich ziemlich barsch wissen. Nach einer kurzen Pause flötete sie weiter: «Mein Mann Albert hat mich gebeten, Sie anzurufen. Er hat eine wahnsinnige Erfindung gemacht. Er sagt, dass man damit mit einem Schlag sämtliche Verkehrsprobleme dieser Welt lösen könne. Verstehen Sie?»

«Leider nicht so ganz.»

«Keine Unfälle, keine Staus, keinen Lärm, kein Asthma, keine Klimakatastrophe mehr. Sie müssen das in Ihrem Heftli unbedingt bringen.» Ich gab zu bedenken, dass ich für eine seriöse Zeitschrift arbeite und nicht im Sinn habe, deren Ruf zu ruinieren und meinen dazu.

Aber die Unbekannte liess nicht locker und ich begann dem Charme ihrer nächtlichen Stimme, die nun einen bittenden Unterton bekam, zu erliegen. Die Erfindung funktioniere bestimmt, sie habe es mit eigenen Augen gesehen, fuhr sie fort.

Ich stellte mir diese Augen vor, hatte aber noch immer gewisse Vorbehalte. Ihr Mann sei nicht der erste, der sich mit dieser Frage befasse, wandte ich ein. Schon vor 25 Jahren habe die Gesamtverkehrskommission vergeblich darüber gebrütet, später hätten sich mehrere Bundesräte den Kopf zerbrochen, in den letzten Jahren ausserdem ganze Heerscharen von Wissenschaftlern eines Nationalen Forschungsprogramms sowie der EU: «Glauben Sie wirklich, dass Ihr Mann die Lösung gefunden hat, die den besten Köpfen der Schweiz und von ganz Europa nicht eingefallen ist?»

«Albert ist eben ein Genie, er bekommt für seine Erfindung noch einmal den Nobelpreis für Physik.»

«Weshalb noch einmal», spottete ich, «hat er denn schon einen erhalten?» Auf der anderen Seite blieb es stumm.

«Worin besteht seine Erfindung eigentlich?», versuchte ich einzulenken.

«Das kann ich dir nicht einfach so am Telefon verraten.» Nun duzte sie mich schon.

«Wo denn?»

«Hier bei mir, im Labor in Zürich.»

«Das geht frühestens in der Woche 42, vorher bin ich total

ausgebucht.»

«Nein, du musst sofort kommen. Ich bereite jetzt alles vor und zeige es dir in zwei Stunden.»

Um diese Zeit gebe es keine Züge, wehrte ich mich. Doch es half alles nichts. Sie drohte damit, den Primeur der Konkurrenz zu stecken. So raste ich per Taxi über die Autobahn zur angegebenen Adresse im Kreis 5. Schon von weitem sah ich den flackernden, rötlichen Schein, der den Nachthimmel gespenstisch färbte. Es war das Haus mit der Nummer 66, das in Flammen stand. Ich hatte es geahnt. Ich reichte dem Taxifahrer das Fahrgeld und stieg aus. Eine Frau, ungefähr in meinem Alter, kam mir aufgeregt und mit zerzausten Haaren entgegen.

«Irgendetwas ist schief gegangen», erklärte Sibylle überflüssigerweise und lächelte mich aus ihren gewinnenden Mandelaugen tapfer an: «Nun bist du umsonst gekommen.» Mir schien, als würde sie das nicht wirklich bereuen. Das sei halb so schlimm und ganz umsonst sei es ja nicht gewesen, versuchte ich sie zu trösten. Angesichts der 350 Franken, die ich dem Taxifahrer hingeblättert hatte, war das mehr als eine galante Floskel.

Das Haus sah schlimm aus, durch die geborstenen Fenster züngelten die Flammen. Sie hatten sich schon bis zum Dach emporgekämpft. «Wo ist Albert?», wollte ich wissen. Der sei mit dem Nachtzug nach Hamburg abgereist, zu einer wissenschaftlichen Tagung, beruhigte sie mich, sie sei allein. Man hörte das anschwellende Martinshorn eines Feuerwehrautos. Davon wachte ich auf. Draussen fuhr im Morgengrauen eine Ambulanz vorbei. Im Schlaf hatte ich ihre Sirene mit meinem Telefon verwechselt. Durch das Fenster drang das vertraute, dumpfe Rollen des frühen Pendlerverkehrs.

An diesem Morgen stand ich mit dem linken Bein auf. War es, weil Alberts Erfindung geplatzt war wie eine Seifenblase und ich mich nun weiterhin selber damit beschäftigen musste, die harte Nuss der Verkehrsprobleme zu knacken? Oder vermisste ich das Traumbild mit den Mandelaugen?

Via a Pia

Zum 10. Geburtstag des Magazins «Via» hat ein bekannter Linguist kürzlich im trauten Kreis einen bemerkenswerten Vortrag gehalten, den wir hier gerne in gekürzter Fassung einem breiteren Publikum zugänglich machen.

Bezüglich der Titelfrage der Zeitschrift «Via» existieren bekanntlich zwei Hauptschulen. Es gibt die traditionalistische, der ich angehöre und die den Titel in der heutigen Form beibehalten will, sowie die modernistische, die fordert, dass ein Titel auch auf Deutsch und Französich unbedingt Englisch sein muss. Es ist ungewiss, wie lange die Herausgeber des «Via» diesem Druck der Anglizisten und Anglizistinnen noch standzuhalten vermögen, diskutieren doch selbst fundamentalistische Kirchenkreise die Lancierung eines Organs mit dem Namen «Heaven's Voice». Bei weltlichen Blättern kommt ohnehin nur noch Englisch in Frage. Jüngstes Beispiel ist der kaufmännische Verband, der sein Mitgliederblatt in «The Bostitch Observers» umtaufen will. Und ein grosser Verlag hat soeben die Nullnummer einer Börsenzeitschrift mit dem Titel «Down Jones» produziert.

Würde das Magazin des öffentlichen Verkehrs heute gegründet, käme es bestimmt nicht um einen englischen Titel herum, also zum Beispiel «Bye-Bye», oder «The Ironmen». In Frage kämen auch «Swiss Electric and Steam Power Monthly».

Vor zehn Jahren war aber ein Titel lateinischen Ursprungs noch möglich. Mit gutem Grund: «Via» ist kurz, prägnant und hat auch in den modernen Sprachen viele Bedeutungen mit Bezug zum Reisen. Auf Deutsch und Französisch heisst er so viel wie über, wenn man von einer Reiseroute spricht. Etwa Paris–Moskau via Tägertschi.

Am lebendigsten ist das Wort im Italienischen geblieben. Dort bedeutet es alles Mögliche, unsere südlichen Nachbarn nehmen es wieder einmal nicht so genau. Via meint gleichzeitig Weg, Strasse, aber auch Gleis. Wir finden die vokalreiche Vokabel in der Ferrovia wieder. Korrekterweise wollen wir darauf hinweisen, dass diese Vieldeutigkeit nicht erst in unserer Zeit entstanden ist. Tatsächlich waren schon die berühmten Überlandstrassen, mit denen die Cäsaren ihr Reich zupflasterten, um Handel und Herrschaft zu sichern, mit Schienen ausgerüstet, wenn auch mit negativen: mit Fahrrinnen. Sie hatten aber die gleiche Funktion wie die heutigen Schienen und führten die Räder. Schon die alten Römer konnten sich also nicht entscheiden, ob sie Strassen bauen sollten oder Gleise, und so haben sie beides gleichzeitig getan. Das ist bis heute so geblieben, gerade auch in Helvetien, das Teil des Römischen Reichs war. Man kann also sagen: An unserem Verkehrschaos sind die Römer schuld. Das Beispiel zeigt, wie wichtig die Geschichtskunde und ein Minimum an humanistischer Bildung sind, um die Gegenwart zu erfassen.

Da liegt vieles im Argen. Die meisten Leute kennen nicht einmal die Namen der grossen römischen Heerstrassen wie der Via Aurelia oder der Via Appia, also der Goldstrasse und der Apfelstrasse. Dort, wo sie sich kreuzten, hat man 68 v. Christus erstmals den Aurea delicia angebaut, der jetzt Golden Delicious heisst und der bekanntlich ebenfalls eine Kreuzung ist. Man darf die Via Appia übrigens nicht mit der Wendung «Via a Pia» verwechseln. Letztere wird dann gebraucht, wenn es jemand eilig hat, die Pia zu besuchen, was vor allem dann vorkommt, wenn Pia nebst fromm auch schön ist.

Wir stossen da auf eine weitere Bedeutung des Wortes. Via heisst im Italienischen auch weg, fort, los. Wir kennen das berühmte Los von Rom, das Via da Roma, das auf die alte Lotterie von Rom zurückgeht. Die Römer waren ein spielsüchtiges Volk. Brot und Spiele lautete ihre Losung. Weil sie aber weder das Pulver noch Papier und Tinte erfunden hatten, meisselten sie die Losnummern auf kleine Steinplättchen. Ein solches hiess dann eben Los von Rom.

Als kürzlich die finnischen Papierarbeiter streikten und die übliche Papiersorte fehlte, wollte die Redaktion des Magazins «Via» für die Vervielfältigung ihrer Zeitschrift auf diese alte Methode zurückgreifen. Das ist an finanziellen Überlegungen gescheitert, die heute leider vieles verhindern. Wir müssen allerdings einräumen, dass die Lösung, statt Papier Maggia-Granit zu verwenden, nicht wirklich billig gewesen wäre. Die Steinmetze verlangten pro Buchstaben 10 Franken. Eine durchschnittliche Ausgabe zählt etwa 150 000 Buchstaben. Wenn man das mit der Auflage von 235 000 Exemplaren multipliziert, wird deutlich, dass die Herstellungskosten etwas höher als üblich ausgefallen wären. Trotzdem hat die Redaktion das Scheitern dieser innovativen Idee sehr bedauert. Es wäre bestimmt keinem Leser mehr eingefallen, von einem «Heftli» zu reden, nachdem er ein Granit-Magazin von 184 Kilo Nettogewicht in den Händen gehalten hätte.

Die Silbe Via findet sich übrigens auch in den Markennamen von Fahrzeugen wieder. Es ist ja häufig so, dass sich eine Bezeichnung im Lauf der Jahrhunderte von einem Gegenstand auf einen verwandten überträgt. Das geschah zum Beispiel mit dem Wort Jura, das zunächst nur das Faltengebirge meinte, sich dann aber auf die Rechtskunde ausdehnte, weil diese ebenfalls hart und trocken ist. Ganz ähnlich liegt der Fall bei den berühmten Wiener Pferdekutschen, den Fiakern, deren erste Silbe eindeutig auf das lateinische Via zurückgeht: Die Droschken nahmen den Namen der Unterlage an, auf der sie fuhren. Dabei ist selbstverständlich die dritte mittelhochdeutsche Lautverschiebung zu berücksichtigen, sowie – für die zweite Silbe – die Tatsache, dass diese Fahrzeuge angesichts der holprigen Strassen und des Fehlens einer Promillegrenze für die Kutscher ziemlich oft in irgendeinem Acker landeten. Daraus hat sich mit der Zeit auch der Begriff Fiasko herausgebildet. Der Markenname Fiat ist übrigens einfach die Kurzform, entweder von Fiaker oder von Fiasko, die Experten sind sich da noch uneinig.

Wie man sieht, ist die Etymologie eine ausserordentlich aktuelle Wissenschaft, in der es immer noch zahlreiche offene Fragen zu beantworten gibt. Ich bin sicher, dass wir in Zukunft weitere aufschlussreiche und überraschende Zusammenhänge erkennen werden.

Gewonnen

Vor ungefähr zwei Jahren erhielt ich einen Telefonanruf, der mein Leben verändern sollte. Das wusste ich aber noch nicht, als sich Frau Christine Hübscher von der Firma Cargo Domizil meldete. Ohne langes Federlesen, wie man das von den Zürcherinnen und Zürchern gewohnt ist, kam sie zur Sache: «Herr Doktor Eisenhart, sind Sie heute Nachmittag zuhause, wir hätten da einen grösseren Posten abzugeben?»

Ich sei schon zuhause, ich habe meinen freien Tag, von einer Warensendung wisse ich allerdings nichts, was für ein Paket es denn sei, erkundigte ich mich. Sachlich und höflich informierte mich Frau Hübscher, dass es sich um ein Objekt von 48 Tonnen Nettogewicht handle, es werde deshalb mit dem Tieflader und einer Sonderbewilligung vorbeigebracht. Um 14 Uhr 15 treffe die Fracht ein, sofern alles nach Plan ablaufe.

Zuerst war ich verblüfft, dann begann ich mich zu echauffieren. Mit einem Sternlein im Telefonbuch und einem Kleber am Briefkasten hatte ich mir bisher unerwünschte Werbebotschaften vom Leibe zu halten versucht. Mit mässigem Erfolg, muss ich ehrlicherweise eingestehen. Ärzte werden mit Warenmustern aller Art bombardiert, dazu kommen die Besuche der lästigen Vertreter. Was mir bevorstand, sprengte aber nun alle Grenzen.

«Was stellen Sie sich eigentlich vor», fauchte ich, erstens sei ich an Werbesendungen nicht die Bohne interessiert und zweitens habe ich für einen Gegenstand von diesem Ausmass schlicht keinen Platz, nicht einmal für 14 Tage zur Ansicht. «Ich lebe schliesslich in einem Wohnhaus und nicht in einem Bahnhof. Ist doch wahr, Herrgott nochmal!»

Nun wurde auch Frau Hübscher deutlich. Ihre Firma sei lediglich für den Transport zuständig, sie hätte im vorliegenden Fall den Auftrag dazu erhalten und zwar korrekt unterschrieben. Wenn ich die Lieferung refüsieren möchte, sei das nicht ihre Sache. Ich hätte das dem Absender melden sollen, dazu sei es nun zu spät, sie habe den Chauffeur soeben auf die Piste geschickt, da ich ja zuhause sei und die Ware in Empfang nehmen könne. Übrigens befinde sich ihres Wissens auf dem Tieflader kein Werbematerial.

Mit was für einem Gegenstand ich denn zu rechnen habe, wollte ich wissen. Frau Hübscher konnte mir lediglich angeben, dass es sich um ein Objekt von 14 Metern Länge, drei Metern Breite und um die vier Meter fünfzig Höhe handle. Es sei also wahrscheinlich nichts für das Schlafzimmer, bemerkte sie schnippisch. Sie nehme an, dass es irgendeine Maschine sei, eine Druckmaschine eventuell oder ein Stück moderne Kunst. Der Absender, ihr Auftraggeber, sei der Buchhändlerverband.

Der Buchhändlerverband? Mir begann es zu dämmern. Einige Monate zuvor hatte ich an einem Wettbewerb teilgenommen. Es ging darum, ein Lösungswort herauszufinden. Ohne die entsprechende Frage zu lesen, schrieb ich einfach Harry Potter hin. Dieses Buch war gerade mit überwältigendem Erfolg lanciert worden, alle Eltern und Kinder sprachen davon und räumten in den Buchläden die Gestelle leer: Eine andere Antwort kam kaum in Frage. Ich ergänzte den Wettbewerbstalon mit meiner Adresse und warf ihn in den nächstgelegenen Briefkasten ein.

Hatte ich mit dieser Blindmethode nun den Hauptpreis gewonnen? Ich wusste noch genau, worin dieser bestand und wie seine Auswahl begründet worden war. Eine Kommunikationsfirma war nach einer repräsentativen Marktforschungsstudie zur überraschenden Erkenntnis gelangt, dass in Zugsabteilen statistisch signifikant mehr Bücher gelesen werden als am Steuer. Statt der üblichen Mittelklasselimousine spendierten die Buchhändler daraufhin als ersten Preis eine mittelgrosse elektrische Lokomotive.

Um punkt 14 Uhr 15 stand sie vor meiner Tür: mächtig und rot. Zum Glück wohne ich im Parterre und verfüge über einen respektablen Gartensitzplatz. Dort bekam das Ungetüm seinen Stammplatz. Die Gartenmöbel und den Grill versorgte ich im Keller. Die Menschheit gewöhnt sich an allerhand. Ich gewöhnte mir die Grillwürste ab, was sowieso gesünder ist, und begann mich mit dem Schienenfahrzeug zu befassen. So sehr, dass ich mich an meinen freien Wochenenden berufsbegleitend vom Psychiater zum Lokführer weiterbildete. Inzwischen kenne ich alle Signale und Vorsignale, weiss auch was ein Totmannpedal ist, wie eine Rekuperationsbremse funktioniert, und kann die Fahrdrahtspannung von der Oberstromspannung unterscheiden. Ich habe vom Bahnhof zu meinem Haus ein Anschlussgleis legen und eine Fahrleitung montieren lassen. Die Gemeinde, die am öffentlichen Verkehr sehr interessiert ist, hat die Arbeiten grosszügig subventioniert. Die Klinik, in der ich arbeite, verfügt dank meiner Initiative nun ebenfalls über einen direkten Zugang zum Schienennetz.

So fahre ich jetzt mit der Lokomotive zur Arbeit. Dank dem gesetzlich gewährleisteten freien Netzzugang ist das heute kein Problem mehr.

Die Patienten begrüssen mich jeden Morgen voller Freude und winken mir zu, wenn ich mit meiner roten Lok in den Hof einfahre. Inzwischen habe ich auch ein paar komfortable Wagen erster und zweiter Klasse dazugekauft und auf dem Rasen ein weiteres Abstellgleis verlegt. So bin ich zu meiner ersten Weiche und zum zweiten Prellbock gekommen, das Stellwerk habe ich provisorisch in der Küche eingerichtet. Das ist die Basis zu einem eigenen Bahnunternehmen, das ich in den nächsten Jahren schrittweise aufzubauen versuche. Meine Zukunft sehe ich nicht länger als Arzt, sondern als Bahndirektor und Lokomotivführer, was ich eigentlich schon immer werden wollte. Ich muss zugeben, dass die wichtigsten Entscheidungen in meinem Leben stets mehr von zufälligen Umständen abhängig waren als von meinem eigenen Willen, von meinen Plänen und Vorsätzen. Aber vielleicht sind Zufälle ja bloss jene Schnittstellen, wo sich Realität und unbewusste Wünsche kreuzen? Das wären dann die seltenen Momente, in denen das Es und das Ich sich treffen und für kurze Zeit miteinander verschmelzen. Weshalb sollte man dann nicht zugreifen und das Über-Ich für einmal vergessen?

Am Sonntag fahre ich jeweils im Führerstand durch das Land. Zum Lesen von Büchern komme ich dabei aber wenig, da ich mit dem Ablesen von Instrumenten und Warnleuchten, dem Beobachten der Signale, dem Drücken von Knöpfen, dem Ziehen von Hebeln aller Art vollständig ausgelastet bin. Bei den Bahnübergängen und in den Bahnhöfen lasse ich das Signalhorn erschallen. Es ist ein herrliches Gefühl, wenn die Kinder und die Autofahrer mein kraftvolles Vehikel bewundern.

Oft begleitet mich meine Frau, Christine Eisenhart, geborene Hübscher.

Sie rief mich damals, vor zwei Jahren, ein zweites Mal an, um nachzufragen, ob das Gut gut angekommen sei. Dabei fragte sie ganz nach Zürcher Art höflich und ohne Umschweife, ob ich am Abend zuhause sei. Ich schluckte leer und murmelte etwas von einem Kegelanlass. Christine ist nicht auf den Kopf gefallen, sie hatte meine Panik bemerkt und fügte hinzu: «Diesmal schicke ich keinen Sattelschlepper. Wenn es Ihnen nichts ausmacht, würde ich selber vorbeikommen und höchstens eine Flasche Burgunder mitnehmen.» Erleichtert gestand ich, dass ich genau genommen zuhause sei und sowieso lieber Wein trinke als kegle.

Lake Land

Eines Morgens war der See weg. Die Leute, die am Ufer wohnten, rieben sich die Augen, als sie beim Aufstehen durch die Fenster eine von Algen und Schlamm bedeckte Senke erblickten, statt die gewohnte Wasserfläche. Viele dachten zuerst an einen Traum. Andere realisierten es gar nicht. Sie gingen verschlafen aus dem Haus und erfuhren das Unglaubliche später im Büro. Zwischen acht und neun setzte sich unter den Anwohnern die Überzeugung durch, dass das Wasser wirklich nicht mehr da sei. Die Leute begannen, über das Ereignis zu sprechen. Einige begaben sich zum Ufer. Die Mutigeren wagten erste Schritte über die Grenze hinaus, wo noch vor kurzem das Ufer gewesen war. In den 10-Uhr-Nachrichten bestätigte das Radio erstmals den Sachverhalt. Dann kamen die Wetterprognosen und die Verkehrsmeldungen.

Inzwischen hatten die Feuerwehren der betroffenen Gemeinden Abschrankungen errichtet, der Zivilschutz war aufgeboten worden, auch einzelne Truppenteile der Armee. Die Soldaten rauchten Zigaretten und warteten auf Befehle, die niemand zu geben wusste. Einige besichtigten zusammen mit den Anwohnern und den herbeiströmenden Schaulustigen die Schäden. Die Segeljachten, die am Vortag noch anmutig und unbeteiligt auf den Wellen geschaukelt hatten, lagen mit ihren schrägen Masten wie umgefallene Dominosteine auf dem Algenteppich. Die Boote befanden sich, wie die Landestege und die Strandbäder, auf einmal mitten auf dem Land, was die einen erheiterte und die anderen bedrückte. Jedenfalls sah es aus, als warteten Dutzende von Archen Noahs im Familienformat auf die Sintflut, dazu bereit, den Hund, die Katze, den Hamster oder die Zierfische zu retten. Die Zeitungen und die elektronischen Medien übertrumpften sich in den nächsten Tagen mit aufgeregten Berichten, Interviews von Betroffenen und Experten, mit Karten, Mutmassungen und intelligenten Kommentaren.

Eine plausible Erklärung gab es indessen nicht. Das Gelehrtenteam aus Hydrologen, Seismologen, Geologen und Glaziologen der Eidgenössischen Technischen Hochschule musste nach umfangreichen Feldforschungen unverrichteter Dinge abreisen. Es hatte nirgends jene Erdspalte gefunden, nach der es angeblich suchte. Immerhin markierte das Verschwinden des Sees den Beginn einer langjährigen interdisziplinären Forschungstätigkeit. Später, als sich andere und weit grössere Seen des Mittellandes geleert hatten und man nicht mehr von einem Einzelphänomen ausgehen konnte, sprachen die Naturwissenschaftler von der neuartigen Seen-Dislokation mit unbekannter Ursache. Das Parlament genehmigte einen Forschungskredit in Millionenhöhe.

In der Bevölkerung kursierten bald wilde Gerüchte zum Beispiel über einen Vulkan, der kurz vor dem Ausbrechen stehe oder über geheimnisvolle Bohrversuche der Nationalen Genossenschaft zur Lagerung von radioaktiven Abfällen, die bei Nacht und Nebel auf dem See vorgenommen worden seien und an denen sich auch Kernphysiker der Technischen Hochschule beteiligt hätten. Einige vermuteten ein geheimes Stollensystem der Armee oder gar unterirdische Atombombenversuche als Ursache. Andere glaubten, das Wasser sei gar nicht abgeflossen, sondern verdunstet. Sie brachten das Ereignis mit dem Ozonloch und dem Treibhauseffekt in Verbindung. Sekten und die Anhänger von fundamentalistischem Gedankengut hielten das Phänomen für ein Zeichen Gottes, wobei es die einen als Beweis seiner Allmacht, andere als Strafe für den Sittenzerfall auslegten, der gerade in den öffentlichen Bädern um sich gegriffen habe. Es bildete sich eine neue Sekte, die «Apostel des Gottesreiches der Endzeit», deren Jünger trotz eines strengen Verbots jeden Sonntag über den See wanderten, was im vorliegenden Fall auch gewöhnlich Sterbliche trockenen Fusses tun konnten. Nicht alle reagierten so aufgeregt. Unter den Landwirten und den Vertretern ihrer bevorzugten Partei war die Meinung verbreitet, dass das Wasser von alleine zurückkehren werde: Es könne sich nicht einfach in Nichts aufgelöst haben, argumentierten sie. Es bestehe deshalb kein Handlungsbedarf.

Die Innenministerin und weitere Behördenvertreter besuchten den Ort des Geschehens. Die «Glückskette» startete eine Sammelaktion. Doch eigentlich fehlte es den betroffenen Seeanstössern an nichts. Die meisten hatten bloss ihre privilegierte Uferlage eingebüsst. Die Restaurants mit Seeblick verzeichneten wegen der Scharen von Schaulustigen sogar einen besonders guten Saisonstart. Die Segeljachten und die Motorboote waren kaum beschädigt, nur waren sie ohne Wasser nutzlos, und für diesen Fall, den niemand vorausgesehen hatte, fehlte ein Versicherungsschutz. «Die haben ihr Schifflein ins Trockene gebracht», spottete ein Pfarrerssohn, der am See aufgewachsen war und nun in Zürich Germanistik studierte, über die wohlhabenden Bootsbesitzer. Schliesslich diente das Geld der «Glückskette» zum Bau von Schwimmbecken in den ehemaligen Strandbädern und als Abfindung für die Berufsfischer, die arbeitslos geworden waren, was auch für die Angestellten der Schifffahrtsgesellschaft zutraf. Bald verdrängten aktuellere Ereignisse das Thema aus den Medien.

Nach ein paar Monaten entbrannte ein Streit über die Zukunft des Seegrundes, einer mehrere Quadratkilometer grossen Fläche. Es gab noch warnende Stimmen, die das Betreten für zu gefährlich hielten. Der WWF und andere Umweltverbände schlugen vor, das Gebiet sich selber zu überlassen und einen Pionierwald heranwachsen zu lassen. Die Bauunternehmer wollten einen langen Aquädukt zu einem höher gelegenen See erstellen, der neues Wasser liefern würde, was allerdings im Einzugsgebiet dieses Sees umgehend auf Widerstand stiess. Einzelne Landwirte hofften auf eine Abrundung ihrer Fruchtfolgeflächen und auf höhere Milchkontingente. In dieser politisch schwierigen Situation liess der Kanton als Besitzer des trockengelegten Gewässers die Frage von einer Kommission namens «Zukunftsszenarien Seenutzung» abklären, in welcher die Nutzungsbefürworter in der Mehrheit waren. Das Gremium kam, wenn auch nicht einstimmig, zum Schluss, dass eine kommerzielle Verwendung der Fläche möglich und wünschbar sei. Man könne mit an Sicherheit grenzender Wahrscheinlichkeit davon ausgehen, dass das Verschwinden des Sees ein irreversibler Vorgang sei.

Die Kantonsbehörden erachteten es als die beste und günstigste Lösung, der privaten Initiative freien Lauf zu lassen. Die Polizeidirektion hob das Betretungsverbot auf. Der Seegrund wurde in die Bauzone eingeteilt. Ein Konsortium von Banken, Bauunternehmern und Gewerbetreibenden sicherte sich den Hauptteil des Areals, um darauf einen Vergnügungspark namens «Lake Land» zu bauen. Nach einem langen Bewilligungsverfahren mit Einsprachen, Beschwerden und Rekursen bis vor Bundesgericht erfolgte im Rahmen eines Medienanlasses der erste Spatenstich. Schon ein Jahr später konnte der Park eröffnet werden. Der Vergnügungspark nahm Bräuche aus der Gegend in ein interaktives Konzept auf. Lake Land sei ein innovatives Produkt, das der regionalen Wirtschaft Impulse geben werde, betonte der Präsident des Regierungsrats in einer Ansprache. Es pflege vorbildlich die Traditionen, sei umweltverträglich und beeinträchtige oder zerstöre die kulturelle Eigenständigkeit des Kantons in keiner Art und Weise, entsprechende Ängste seien unbegründet. Im Festzelt gab es Rösti mit Bratwurst oder Bami Goreng, dazu Wein und Bier in Plastikgeschirr. Am Abend war Disco.

Lake Land erwies sich als Glücksfall. Es brachte Verdienstmöglichkeiten in die Region. Bald waren zusätzliche Hotels und Restaurants nötig. Die beiden ehemaligen Berufsfischer wurden als Betreuer für die Sektion «Heidi» eingestellt. Eine Seilbahn brachte die Zuschauer auf die Miniaturalp des Hirtenmädchens, das alle zwei Stunden einen Ökokäse herstellte. In der Abteilung Schellenursli konnten die Kinder jeweils am Sonntag an einem Wettbewerb mit anschliessendem Glockenumzug teilnehmen. Der Gewinner oder die Gewinnerin erhielt die grösste Glocke und marschierte voraus. Das Personal der Schifffahrtsgesellschaft fand ebenfalls eine Beschäftigung. Die Matrosen kamen bei der Reinigungsfirma unter, der Kapitän wies die Autofahrer in den grossen Parkplatz ein. Neben dem Parkplatz war im Sinne eines Entgegenkommens gegenüber den Umweltverbänden ein Wald- und Uferbiotop angelegt. Lake Land warf schon im zweiten Betriebsjahr Gewinn ab.

Es ging den Leuten besser als vor dem Verschwinden des Wassers. Dennoch verstummten die warnenden Stimmen nicht vollständig. Eine Minderheit forderte weiterhin eine andere Zukunft für das Seebecken. Doch angesichts des un-bestreitbaren Erfolgs des realisierten Modells, und weil das Wasser nicht zurückkehrte, fanden die Kritiker immer weniger Beachtung.

Abenteuerferien

Ich machte harte Zeiten durch. Mein Vorgänger hatte ein faules Aktienpaket erworben und mit einer verfehlten Geschäftsstrategie Millionen in den Sand gesetzt. An mir lag es, den Konzern wieder auf Vordermann zu bringen. Das erforderte Opfer und drastische Eingriffe. Ich musste Fabriken schliessen, die halbe Belegschaft entlassen, Beteiligungen abstossen und die Produktionsbereiche verkaufen, die nicht zum Kerngeschäft gehörten. Die Shareholder, zu denen um ehrlich zu sein auch ich gehöre, machten Druck. Doch bevor ich das Sanierungsprogramm anpackte, wollte ich mich in den Sommerferien mit meiner Familie ausspannen.

«Fahren wir irgendwohin, wo ich drei Wochen lang alles vergessen kann», schlug ich meiner Frau vor. Karin hatte eine Idee.
«Erinnerst du dich an unseren Bekannten Fjodor Petristschew? Er hat im Ural ein Reiseunternehmen aufgebaut, das Abenteuerferien für anspruchsvolle Kunden aus dem Westen anbietet. Das wäre das Richtige für gestresste Manager wie du einer bist.»

Karin war aufgeblüht, als sie mir den Vorschlag machte. Irgendwie hatte ich den Eindruck, als verberge sie mir etwas. Doch ich war einverstanden. Wie hätte ich mich nicht mehr an Fjodor erinnern sollen! Er war ein herzlicher Russe voller Ideen, der jedoch ziemlich durchtrieben schien. Gerade deswegen traute ich ihm zu, dass er uns unvergessliche Erlebnisferien aus dem Hut zaubern könnte. Jedenfalls war er ein vielseitiger Mensch. Fjodor sprach perfekt Englisch, Deutsch und Französisch, er war ein virtuoser Trompetenspieler, ausserdem, so behauptete er, übersetze er kirgisische Romane und Erzählungen ins Russische.

In der Sowjetunion hatte er die Stadtbibliothek von Dnjepopetrowsk geleitet. Nach dem Zusammenbruch der UdSSR war er Unternehmer geworden. Er gründete eine Handelsfirma und knüpfte Kontakte zu westlichen Führungskräften, wobei ihm seine Bildung und die leutselige Art zugute kamen. Unbegreiflicherweise war unser Mann aus dem Osten überzeugter Kommunist geblieben. Er trug auf dem Revers seines Kittels aus reiner Seide einen dezenten roten, fünfzackigen Stern und behauptete, unbeirrt von der Realität, dass der Kommunismus am Ende siegen werde. «Du wirst schon sehen, Briederchen», sagte er und lachte aus voller Kehle ein Lachen, das ansteckte und gleichzeitig spöttisch klang. Ich habe Fjodors Irrglauben auf seinen verletzten Nationalstolz und eine damit verbundene Nostalgie zurückgeführt. Wir haben uns oft bis in die frühen Morgenstunden über Lenin, Marx und Adam Smith gestritten. Er leerte dabei jeweils eine ganze Flasche Wodka Moskovskaya, mir selber reichte eine halbe Black Label.

Ich überwies den stolzen Betrag für die Abenteuerferien in Dollar auf das Konto einer russischen Bank. Wir flogen nach Moskau und bestiegen den Nachtzug Richtung Taschkent. In Kuibischew wechselten wir in einen Zug, der uns nach Ufa bringen sollte, wo uns Fjodor abholen wollte. Überflüssigerweise hatte er für uns ein Nichtraucherabteil erster Klasse im letzten Wagen reserviert, der vollständig leer war. Es war ein altertümliches Modell mit ausgeleierten Drehgestellen und abgeschabten Ledersitzen, das man bei uns längst ausrangiert hätte. Der Boden war so stark durchgerostet, dass wir an einzelnen Stellen auf das Gleisbett blicken konnten, das unter unseren Füssen durchhuschte.

Die Fahrt mit Karin und unseren drei Kindern war lang und ermüdend. Wir durchpflügten unbekannte Weiten, die aus endlosen Weizenfeldern bestanden. Die schweren, dunkelgelben Ähren verneigten sich gelassen im Fahrtwind des Zugs. An vielen Stellen waren Kolonnen von bulligen Mähdreschern am Werk. Sie schnitten Schneisen in das Getreidemeer und schnürten die Halme in rechteckige Ballen, die sie hinten ausstiessen. Die Pakete überrollten sich und blieben liegen. Hin und wieder kreuzten wir die durchhängenden Leinen von Hochspannungsleitungen. Es war heiss und staubig, wir tranken gierig das warme Cola, das Fjodor freundlicherweise organisiert hatte. Am Abend tauchte die Sonne in die glühenden Felder, der Himmel wurde durchsichtig und weit. Es schien, als mache der Tag eine letzte Pause. Dann verschwand das Land in der Dunkelheit der Nacht. Der Zug schaukelte uns im Takt der Schienenstösse in den Schlaf.

Im Morgengrauen weckte uns der harte Schlag, mit dem das Fahrzeug zum Stehen kam. Draussen blieb es seltsam still. Mich beschlich ein mulmiges Gefühl. Es fehlte die Betriebsamkeit der Bahnhöfe. Weder dröhnten Lautsprecher, noch pfiffen Lokomotiven, und es waren auch keine menschlichen Stimmen zu vernehmen, sondern bloss Vogelgezwitscher. Ich öffnete die Vorhänge. Wir hatten auf einem riesigen Gleisfeld angehalten. Zwischen den Schwellen wuchsen Stauden und Büsche. Es roch nach Kamille. Unser Wagen war gegen einen Prellbock geknallt und stand alleine auf einem Abstellgleis.

Ringsherum standen, so weit das Auge reichte, rostige Wagen und reglose Dampflokomotiven, die aus einer anderen Zeit zu stammen schienen. Das ganze Gelände war so ausgestorben wie ein spanisches Dorf in der sommerlichen Nachmittagshitze.

«Ich glaube, das Abenteuer hat begonnen», bemerkte ich. «Fjodor wird uns hier schon nicht sitzen lassen», meinte meine Frau gähnend.

Wir bereiteten uns ein ausgiebiges Frühstück zu. Im Hinblick auf die Abenteuerferien hatten wir unsere Rucksäcke mit Kleidern, Brot, Käse, Äpfeln, Bouillon, Studentenfutter, Schokolade und Salami vollgestopft, den Gaskocher eingepackt, die Zündhölzer nicht vergessen, sowie Zelt und Schlafsäcke aufgebunden. Sogar eine Angelrute hatten wir auf Anraten Fjodors mitgebracht. Das Frühstück war die erste von vielen Mahlzeiten auf unserem Geisterbahnhof. Am dritten Tag begannen wir die Gegend systematisch abzusuchen. Am Rand der Anlage stiessen wir auf einen Pflanzgarten samt Geräteschuppen, den einst die Eisenbahner angelegt haben müssen. Er war von Unkraut überwuchert, aber wir fanden Kartoffelstauden und Bohnen. Wir schoben unseren Eisenbahnwagen, in dem wir uns eingerichtet hatten, über rostige Gleise und Weichen hinweg in die Nähe des Gartens.

Das Bahngelände ist so ausgedehnt wie bei uns zu Hause ein See. Wahrscheinlich diente es früher als Rangierzentrum für den Güterverkehr, aus dem nun eine Art Eisenbahnfriedhof geworden ist. Einmal nahm ich Sophie, die jüngste Tochter, bei der Hand und rannte mit ihr quer über das Areal. Wir haben die Gleise gezählt, die wir zu überspringen versuchten. Sophie war total begeistert, als wir bei 10, 20 und schliesslich bei 85 Gleisen angelangt waren. «Ist das jetzt die Eisenbahnanlage, die du mir zum Geburtstag versprochen hast?», fragte sie mich.

«Ja, sie ist nicht schlecht, oder?»
Es war ein bisschen gelogen. Doch wer hätte ihre leuchtenden Augen zu enttäuschen vermocht?

Die meisten Gleise enden an Prellböcken, die in eine dunkle Wolke von Brombeersträuchern gehüllt sind. Dahinter fällt das Gelände gegen den Fluss ab. Wir wissen weder in welchen Bergen er entspringt, noch kennen wir das Meer, in das er sich ergiesst. Aber er versorgt uns mit Wasser und mit Fischen. Im Sommer badeten wir in seinen Fluten. Am Abend entfachten wir ein Feuer und blieben lange am Ufer sitzen.

Einmal versuchte ich, eine Siedlung oder ein Dorf zu finden. Ich marschierte am frühen Morgen los und ging dem Bahndamm entlang, auf dem wir in jener Nacht angekommen sein müssen. Die Strecke steigt von unserem Flusstal aus stundenlang an. Am Abend erreichte ich eine flache und unbewohnte Steppe. Die Schienen verloren sich am Horizont. Am Himmel kreiste ein Adler oder ein Geier. Ich kehrte um. Es war schon dunkel, als ich hinter mir ein Rumpeln vernahm, das rasch lauter wurde. Ich sprang zur Seite und sah schemenhaft einen einzelnen Eisenbahnwagen vorbeisausen.

Nach meiner Rückkehr am nächsten Morgen machte ich mich auf die Suche nach dem neu eingetroffenen Waggon. Er schien noch älter als unserer. Die elegante Dame, die ausstieg, um mich zu begrüssen, stellte sich als Madame Constance Delacroix vor, mit Wohnsitzen in Monaco, Paris und St. Moritz. Sie besitzt, wie sie später erzählte, ein grosses und international tätiges französisches Zementunternehmen, mehrere Jachten und hat gemeinsam mit ihrem fünften oder sechsten Ehemann, Jack, bei Fjodor Abenteuerferien gebucht. Karin und ich bereiteten Constance und Jack in den Tagen nach ihrer Ankunft schonend auf ihr neues Dasein vor.

Inzwischen sind wir zu einer kleinen Kolonie angewachsen. Fjodor schickte uns nacheinander und immer während der Nacht den deutschen Biologieprofessor Thorsten Schallaböck und seine junge Assistentin Gudrun Erikson, die sich ebenfalls für ein Ferienabenteuer entschieden haben, im Weiteren die schon etwas angegraute und erfolgreiche amerikanische Krimiautorin, die sich Rosie nennt und den ganzen Tag Notizen macht, von uns, glaube ich. Zuletzt kam die Familie Monteverdi aus Mailand an.

Signor Benito Monteverdi, ein ebenso reicher wie selbstbezogener Unternehmer aus der Medienbranche, wollte mir sogleich Kartoffeln und Fische abkaufen. «Ti pago una somma di euros straordinaria», bedrängte er mich und winkte mit einem Notenbündel. Doch was soll ich mit Geld? Die Gesetze der freien Marktwirtschaft sind hier ausser Kraft. Ich stelle meine Angelrute zur Verfügung. Sie ist Allgemeingut geworden wie auch der Hund von Signora Monteverdi, ein Terrier, den wir ohne viel Erfolg zum Jagen der Kaninchen abzurichten versuchten, die sich vor dem Einbruch der grossen Kälte auf dem Gelände tummelten. Allgemeingut sind auch Säge und Axt. Sie helfen uns beim Anlegen der Holzvorräte. In den Lokomotiven und Tendern konnten wir auch ein paar Kohlestücke auftreiben. Damit im nächsten Frühling ausreichend Gemüse wächst, haben wir die Pflanzung erweitert.

Bis dann dauert es noch eine Weile. Seit einer Woche schneit es ohne Unterbruch. Die Gleise sind unter einer weissen Schicht verschwunden, die unaufhaltsam höher steigt und die schon die Puffer zuzudecken beginnt. Der Bahnhof ist noch ruhiger als sonst, unsere Stimmen klingen gedämpft. Aus den bewohnten Fahrzeugen wachsen Rauchsäulen in den Himmel. Die Kinder haben einen Schneemann gebaut. Morgen sei Weihnachten, glaubt Signora Monteverdi, die sehr katholisch und sehr melancholisch ist.

Ich habe es aufgegeben, die Tage zu zählen, habe mich damit abgefunden, dass die Abenteuerferien auf unbestimmte Zeit verlängert sind und sehe die positiven Seiten. Ich habe jetzt viel Zeit zum Nachdenken. Meine frühere Tätigkeit und der finanzielle Erfolg, den ich hatte, sind weit weg und bedeuten mir nur noch wenig. Die Kinder unterrichten wir selber, so gut das geht. Ich verfluche auch Fjodor, dieses Schlitzohr, nicht mehr. Ich verzeihe ihm sogar, dass er damals dem Cola ein Schlafpulver beigemischt hat, und staune einfach über seine Raffinesse. Wenn ich an ihn denke, fällt mir sein hemmungsloses Lachen ein. Besonders bemerkenswert finde ich die Tatsache, dass der unverbesserliche Kommunist sich eine goldene Nase verdient, indem er eingefleischte Vertreter der Marktwirtschaft zu praktizierenden Sozialisten umerzieht.

Nachweis

Folgende Erzählungen sind in den Jahren 2001 bis 2003 im Magazin «Via» in zum Teil gekürzter Fassung erschienen. Sie wurden für diese Buchausgabe überarbeitet: *Ein Korb für Michael Jackson, Frohe Weihnachten, Mirjams Schulreise, Der Regenschirm, Easy Baby, Italienische Küche, Hans im Pech, Rose Marie, Zügeln mit dem Zug, Abenteuerferien, Die Lösung, Gewonnen, Der rote Pfeil, Gantenbein, Via a Pia.* Die Erzählungen *Lake Land* und *Disnelend* sind in einer ersten Fassung im «Nebelspalter» erschienen. *Vom Unterland* gewann den ersten Preis des Berner Oberländer Literaturpreises 1997. *Mobil* erschien unter dem Titel *Autozählen* in einer ersten Version in der Literaturzeitschrift «Entwürfe».

Glossar

Berner Rosen: Apfelsorte
Kuno Lauener: Leader der Schweizer Musikgruppe Züri West
Krokodil: Bekannte Schweizer Güterzugslokomotive. Sie verkehrte bis in die Siebzigerjahre auf der Gotthardstrecke.
Nuggi: Schnuller
Roter Pfeil: Populärer roter Leichtschnellzug der Schweizerischen Bundesbahnen.